U0912106

再见了，青春

——系列——

把世界搞好啊，少年

巩高峰 著

中信出版集团 · 北京

图书在版编目（CIP）数据

把世界搞好啊，少年 / 巩高峰著 . —北京：中信出版社，2017.11

ISBN 978-7-5086-8003-3

I. ① 把… II. ①巩… Ⅲ . ①散文集－中国－当代 Ⅳ . ① I267

中国版本图书馆 CIP 数据核字（2017）第 193130 号

把世界搞好啊，少年

著　　者：巩高峰
出版发行：中信出版集团股份有限公司
（北京市朝阳区惠新东街甲 4 号富盛大厦 2 座　邮编　100029）
承 印 者：北京盛通印刷股份有限公司

开　　本：880mm×1230mm　1/32　　印　　张：8　　字　　数：155 千字
版　　次：2017 年 11 月第 1 版　　印　　次：2017 年 11 月第 1 次印刷
广告经营许可证：京朝工商广字第 8087 号
书　　号：ISBN 978-7-5086-8003-3
定　　价：42.00 元

版权所有 · 侵权必究
如有印刷、装订问题，本公司负责调换。
服务热线：400-600-8099
投稿邮箱：author@citicpub.com

人物小传

奶奶

爱不能延长生命的时间，但能拓宽生命的维度。她爱我，我也爱她。

妈妈

农村妇女中最资深的迷信者+抠门冠军，哄骗童年的我和弟弟已经相当吃力，少年的我们对她来说显然完全失控。

大姐

从小仰望、崇拜的女神嫁人了。接了地气，过起了日子，温润得一点没有心理落差，因为我离她更近了，更像亲姐弟。

二姐

一路用暴烈、好胜、逆反打天下的二姐，到底也没能赢，无论父母、老师，还是命运。不过她依然没认过输，在第三本书里还有神奇表现。

吴老师

吴文化，真名。大部分时候他拥有老师所有的光环，偶尔也暴露成年人的背面。无论如何，想念他。

杨峰

初中语文老师，班主任。吴老师打开门，杨老师送一脚，俩人联手把我送上写作的这条路，缺一不可……

顾孟东

初中新认识的好朋友，深坑级武侠痴迷者。一起探过险同过床，只是在武侠小说的喜好上我们兵分两路。我喜欢囫囵吞枣，他被盗版书摊的老板骗去了一颗心。

赵娜

初中暗恋对象。和所有的心驰神往但都没有拉手树荫里走一走的朦胧派一样，只能是“然后？然后就没有然后了”……

卓之豹

初中同桌，气味相投。无条件好朋友，能同甘更能共苦，少年时光里收获的闪着光的友谊。

瑞龙

小伙伴里最早开蒙的智者，因为父母是老师，他有一间自己的屋子，半屋的书。虽然他一本也不肯借，依旧是我少年时期最羡慕的同龄人。

攀峰

最信服和配合我的小伙伴。比我小几个月，却比我晚两年上学，所以接替了孩子王位置，晚熟了两年。

王左、王右

新的小伙伴，不是双胞胎。二人戏份直线上升，因为他俩大部分时候都相当有自己的主见。

王卉

“龙凤腾飞”组合成员之一。我一见钟情暗恋多年，无果。想象中的小龙女就是她的样子，当然，是她没变胖之前的样子。

尤爱花

“龙凤腾飞”组合成员之一。多年后我们都在北京，见过面，吃了饭，加了微信，反而没有以前那么想念。

小祥

“龙凤腾飞”组合成员之一。从小一路开挂，情商爆棚，早熟又被社会催熟。

目录

Contents

少年·二

Chapter 1

篇一

谁还没有一些想当年？
如今想来，张狂的它们
有着同一个名字：天真有邪

小欢喜

五年级的时候，教室里突然变得有点儿怪怪的。

怎么怪我说不好，反正是不对劲儿，感觉哪里出了问题，但是又说不出来。这么形容吧，好像是一夜之间，大家突然都有了秘密，反正，每个人都变得神秘兮兮的。特别是男生和女生之间，似乎一夜之间一下有了一道裂缝，那裂缝不宽，抬脚就能过去，但裂缝里是不见底的深渊，飕飕冒着凉气。

以前班里多热闹啊，一下课大家就说说笑笑打打闹闹的，除了不能进错男女厕所，毫无顾忌。可现在不一样了，不知道从哪一分钟开始，大家一下变成每天都在开新生联谊会似的，男生扎一堆，女生围一群，互相借个橡皮都要说一声“请”和“谢谢”，哪哪儿都不对劲儿，不舒服。

就连我自己也有了些异样，比如说和前排的李菊吧。从三年级开始我们就坐前后桌，课上课下嬉笑打闹，何曾有过什么不愉快？我最喜欢捉弄李菊，上课时被老师点名到黑板前做题时，总无意地碰掉李菊桌角的书或者文具盒，然后装作满脸歉意地一点一点给她拾起来，每拾起一样就朝她扮一个鬼脸，因为老师就在她面前站着，她还不敢笑，生生憋成内伤。我最喜欢拽她的小辫儿，不分时间、地点，有事儿没事儿就拽一下，然后立马扮演无辜的路人，或转嫁祸端或趴在课桌上窃笑。

别说拽小辫儿了，我还往李菊的头上扔过路边摘来的植物种子粘刺球，结果李菊花了一整节自习课才摘完。当然，李菊后来悄悄回敬了我三颗图钉，撒在凳子上，我一坐下，屁股上扎了三个血眼儿。我天蝎座，会客气吗？很快，伤疤还没好，我就往李菊的文具盒里一次放了三条毛毛虫和一只小癞蛤蟆，她上课时尖叫着几乎从座位上飞了起来，那一声“啊”全校差不多都能听见。一瞬间，全班男生哄堂大笑，女生手足无措，而老师一脸惊愕，只有我满脸同情，帮忙去捉那只活蹦乱跳的癞蛤蟆……

五年的小学时光，一直就是这么过来的呀，我们没有生过超过两天的气，也没为此恼怒过。李菊对我最凶的表情是翻白眼儿，翻完还忍不住勾起嘴角，莞尔一笑。

每当这个时候，我都觉得欢喜异常。

可最近不一样了，李菊几乎没再转过脸跟我斗嘴吵架，甚至连白眼都没再朝我翻一个。我们好像突然间变得从来没认识一样，男女生之间那条裂缝，似乎就裂开在她的身后和我的面前。我不知道这是怎么了，最近我没怎么招惹她，更谈不上得罪。可是她和所有女生一样，扮矜持，装冷艳，每天挂着女神般若有若无的傲气和清高，目中无人。

我不是没试过缓解这种略显尴尬的现状，可我再碰掉她的文具盒，李菊连看都不看我一眼，自己起身收拾。我从后面突然拽一下她的小辫，她竟然不佯怒，也不笑，而是一脸厌恶地扭扭头，甩甩马尾辫，就像什么都没发生。

有一天课间我甚至讨好地求她转身，给她讲个故事。李菊没拒绝，但也没表现出以往的欣然接受，只是稍微侧了侧身子，听我略带夸张地讲了一个古代的故事：一个卖猪肉的和一个卖水果的挨着摆摊，一天俩人因为五十吊钱吵了起来，谁都说那五十吊铜钱是自己的，还各自都有人证。最后闹到了县衙，县官听两人讲完情况，让人把五十吊钱拿到后堂。没多会儿，回来就把那个卖水果的打了二十大板，把五十吊钱判给了卖猪肉的。故事结尾，我一脸谄媚地请李菊猜：为什么县官这么肯定钱是卖猪肉的呢？李菊面无表情，既不猜测，也没有希望我讲出结果的期待。我只好悻悻地说：因为县官让人端一盆水，把铜钱往水里一放，水面一层油花——卖猪肉的整天摸肉啊！

算起来，那应该是我近期最后一次跟李菊说话，而且从头到尾都是我讲，李菊连个恍然大悟的表情都没配合我。

自习课，我实在忍不住疑惑，问同桌小利：“你有没有感觉最近班里有点儿诡异？”

小利趴在课桌上，压低着声音说：“你才感觉出来啊？”

我盯着小利看了足足五秒，也没弄明白他为什么要把跟我说话弄得像地下党接头。我说：“告诉我发生了什么事儿，为什么？”

小利扭头看了看邻桌的孟献文和明树，欲言又止地摇了摇头，说：“不太清楚，我还想知道为什么呢。”

我觉得小利的吞吞吐吐仿佛在我和他之间画出一道友谊的深沟。我们是同桌哎，我们俩从光屁股就一起长大的哎，我们争争抢抢恼恼好好，好歹也十年了，怎么可以突然这样——你们都藏着秘密，互相对个眼神就了解一切，只剩下我，傻乎乎的，不明白，被嘲笑。

于是我凑近小利，一字一句咬牙切齿地说：“告诉我怎么回事儿，现在、马上！否则，下一秒我就跟你绝交！”

小利愣愣地看着我，回头想跟孟献文和明树求助，可俩人眼里满是心照不宣的笑意。小利挠了挠头，说：“咱们班的男生都有目标了，你没有？”说着，小利的眼神有点儿游移、分散，脸还红了。

嗨！就这么点儿事儿，还搞得这么严肃，真有出息啊。我轻蔑地对着小利笑了一声，我在托儿所就把初吻送出去了好吧?! 还跟我玩儿害羞。

为了表示我真的觉得他们很幼稚，我开始不说话。小利见我半天不理他，又凑过来问:“告诉我，是谁？”

我忍住笑，“你先告诉我你的目标是谁，我再告诉你。”

小利的脸又红了，思忖了半晌觉得有风险，干脆就不说了。我接着逗他，“那孟献文和明树的目标是谁，说了吗？”

小利摇摇头，“当然不能说，说了万一让老师知道，就是证据了。”

“哦？”我突然明白了教室里最近气氛诡异的原因。每个人都揣着秘密不说，又想知道别人的秘密。想来，男生女生同此凉热吧？几乎是一刹那，我冒出一个想法，我忍住笑问小利，“下节是吴文化的语文课，你们敢不敢玩儿个游戏？”接着，我看向孟献文和明树，同步配合一个挑衅的微笑。

三个人的好奇心明显被我勾起来了，“什么游戏？”“你敢我们就敢！”

“既然咱们都有目标，那就挑班主任的课，趁吴老师在黑板上写生字词的时候，每个人都去拽一下自己目标的小辫，没有小辫拽一下头发也行。敢不敢？”

“你要是敢第一个去拽，谁还怕谁不成？”三个人你看看我我看看你，达成了一致。

“第一个就第一个，你看我怎么给你们做示范。”我用眼角瞥了一眼李菊的背影，她依旧和平日里一样，背挺得笔直，像是随时都在防范我出什么招损她。

语文课，吴老师在黑板上写课文标题时，他们三个人就示意我开始。我淡定地摇了摇头，一直等到吴老师带着我们读了一遍课文，然后转身在黑板上开始写生字词的时候，才跟他们三个打了个招呼，半起身，猛地拽了一下李菊的小辫，然后快速坐回凳子。说实话，我很紧张，但更多的是想笑。我怕自己会笑出声来，于是趴在桌子上，把脸埋进语文课本里，拼命忍着。

不知道过了多久，反正我已经平静下来了，准备抬头看他们三个的表演，突然听到一个熟悉的声音愤怒地说：“报告吴老师，有人拽我头发，好疼！”说着说着，还有了哭腔。

我愣愣地抬起头时，李菊举起的右手已经开始放下了，半路转去面前，估计是在抹眼泪。吴老师转回身，一脸的惊诧错愕。他两只手撑在讲桌两边凸起的边沿上，中山装的衣角蹭了讲台上的粉笔灰，沾了一圈白。

吴老师扫视着全班，不怒自威，“谁欺负女同学，请自觉站起来。”

当然，不会有人站起来。吴老师又加重语气重复了一遍，可还是没人站起来。这气氛就有点儿尴尬了，吴老师看样子也不准备继续上课，只是用眼睛来回不断扫视，搜寻着蛛丝马迹。好一会儿，他没有收获，因为我有备而来，早就装作若无其事了。

李菊突然又举起了右手，说：“吴老师，让后面两排把手伸出来我就知道是谁了。”

吴老师将信将疑地看着李菊，而李菊已经站起身看着我们了，她脸上的泪痕未干，表情却是愤怒中带着点儿冷酷。看着她的眼睛，我觉得心里发凉，忽然觉得自己不认识这个坐在我前排已经三年的女同学了。

吴老师见李菊如此坚定，便让我们四个和后排四个都摊开双手。大家不明白这是什么意思，呼啦一下围了过来。

迷局在我看向自己手的那一瞬间就揭开了：我拽李菊小辫儿的右手，有一抹蓝墨水，那是李菊最喜欢用的英雄牌天蓝色墨水。

但是我没猜到全部的结果。

那天被吴老师罚去墙角站着听课的不止我一个人，而是四个。因为手上有蓝墨水的，还有小利、孟献文和明树。

后来 / Later

直到现在，我最喜欢的颜色还是天蓝色，因为那几乎是唯一一个能让我看一眼就欢喜的颜色。哪怕如今早已没什么机会用钢笔了，可圆珠笔的一次性笔芯的颜色，我的首选也还是天蓝色。

小叛逆

有一阵儿，我妈的口头禅是：叫你往东你往西，叫你打狗你撵鸡。

每次说这个顺口溜的时候，我妈都带着满脸恨铁不成钢的愤然，还有一种束手无策的无可奈何。没办法，因为我妈对我动手的惨烈程度完全构不成威慑，所以我才有恃无恐。想让我有点儿害怕，除非我爸亲自动手。可那阵子我爸钻钱眼里去了，经常出门做小买卖，十天半个月见不着人影，所以当他积压一段时间的怒气偶尔回来释放一顿狠的，我也不是不能承受。

于是，我罕见地获得了一种无法无天，一种肆无忌惮，上学进教室如沙僧跳入通天河，放学回家如孙悟空回到了花果山。对此我奶奶倒想得开，她的口头禅是："男孩哪有不淘的？总比窝囊废好。”每次我奶奶说这句话，都伴随着往我嘴里喂好吃的动作。我妈看着，简直恨得牙根痒痒，最后却只能从牙缝里一字一句地逼出狠话：“你就攒着吧，等你爸回来一起算账！”

其实我也不知道怎么回事，甚至都不知道自己什么时候开始这样的，在家似乎是从我爸经常出门开始，在学校则是从那篇作文获奖之后。家里我妈管不了我，在学校语文老师兼班主任吴文化对我也渐渐失控。

先是我的成绩，几乎每次考试都在下降，五年级第一个学期还没结束，我就已经徘徊在三十名开外，泯然众人矣了。在吴文化的眼里，我这些年积累的神童光环早已消失殆尽。不知道是失望还是不甘，他经常当着任课老师和同学们的面说我叛逆了，是“伤仲永”。我虽然不明白这句话是什么意思，但能从他眼里看出一种大势已去的悲伤。

反正，我不再是老师和女生眼里的当红小生，我早已坐着滑梯从神童往普通小孩的谷底一路下滑。在调皮捣蛋方面，我也是突然发现别有洞天——原来这个世界好玩儿的事情如此之多，而听话、努力学习、当班干部是最不好玩的几种。想想看，随便惹点儿祸，就能看到一堆人手忙脚乱，而我瞬间就能成为焦点。这可比辛辛苦苦拼上一个学期考个第一容易得多，感受也来得更为猛烈、刺激。至于代价，顶多不过是一顿皮肉之苦，我早习惯了，有童子功护体。

教室最后一排的二彪、靖虎、大雷，加上当初侥幸赢了我一回才挤进去的孟献文不是号称四大金刚吗？他们也不过就是上课时偷偷往别人桌面用蓝墨水抹一道三八线，挑拨俩人因为白衬衫变成蓝的而大打出手；下课了往女生的文具盒里放条毛毛虫，让她们尖叫着乱成一片；他们最狠最牛的一件事儿，也不过就是往一个女生辫子上粘了一条纸尾巴，然后用打火机点着，一直烧到头发，让教室里充满了莫名的焦糊味。然后那个女生哭了一节课，也不知道是因为被戏弄，还是为了被烧焦的辫子。

可是，他们敢在吴文化正如痴如醉地念着“啊，无边无际的大海”时突然站起来问：吴老师，那大海无边无际，可人不是正站在岸边看着呢吗？他们敢把讲桌往讲台边挪，悬空一条桌腿，然后老师讲课一摁讲桌“哐当”一声倒下讲台吗？他们敢在愚人节那天以“四大金刚打起来了”为借口去叫吴文化来教室管管，直到看到门上贴着“节日快乐”吴文化才脸红脖子粗地明白过来自己上当了吗？

他们当然不敢，因为他们徒有虚名而已。而我敢，是因为我喜欢看吴文化哑口无言。这样他才会一脸懊恼地盯着我，叹口气，让我站在教室的角落听课——还不许我身子沾着墙壁，只要被他发现一次我就得站到教室外面听课。

我觉得这样就很刺激。嗯，我越来越喜欢刺激一点儿的事情，每天，每时每刻。

早上上学，王右、王左、小利和我一路走，王右兄弟俩规矩一点儿，天天都背着大书包。小利洒脱，不愿意背书包，每天挑出要上课的几本书，抱着。因为他成绩一直在前几名，有资本潇洒。而我的书基本上不来回带，每天空着手，看起来游手好闲。我领着他们仨去偷老笨家门口那棵梨树上的梨——那是全村最甜的梨了。我仗着知道老笨腿脚不太利索，所以明目张胆地第一个上树摘，边摘还边和他们三个品评一番。老笨每天坐在院子里晒太阳，看到我们上树，急得张大嘴“啊、啊”嚷，却干着急挪不动腿。老笨中风过，嘴歪，腿瘸，勉强能从屋里挪到院里，从院子里走到门口却要一顿饭的工夫。所以着急之下，他只好拿拐杖使劲儿捣地。

没想到“咚咚”几声之后，一条黑狗一声不吭地突然出现了，箭一般从院子里飞奔出来。我正纳闷儿老笨什么时候养了一条这么大的狗，它已经张着大嘴甩着长舌头飞奔到树下了，“汪汪”狂叫。梨树很矮，狗跳起来能咬着我们的脚后跟。这种情况，只能赶紧开溜——闭着眼睛往远处跳，然后四下逃散。

王左的书包带跑断了，王右是老大，自然要停下来帮王左捡书包，于是被黑狗撵上，咬着裤脚往回扯，俩人脸都吓白了。小利胆小，最先下树，所以跑得最远，可是他光顾着逃，怀里抱着的书一路都掉完了。我两手各拿着两个梨，嘴里还咬着一个，我不是黑狗的目标，因为我挑了一个和他们都不一样的方向。只是我边跑边观察情况，一回头，突然觉得脖子一凉，嘴里的梨掉了，然后脖子开始火辣辣地痛——不知谁家该死的晾衣绳勒住了我的脖子，我不得不停了下来。

小利不敢回去捡书，因为黑狗还蹲在梨树下虎视眈眈地盯着我们，不停狂叫。我把梨子揣兜里，捡了一根树枝壮胆，才回去替小利把书都捡了回来。

我笑嘻嘻地把梨分了，四个人数“一二三”，四张嘴同时咬，甜汁四溅。

到了学校，我脖子上的勒痕已经由紫变黑了，同学看了说像一道剑痕。他们三个对着好奇的同学吹嘘我怎么勇斗老笨的大黑狗，连“四大金刚”都围过来听。我知道，这下我彻底赢了。

从那天开始，偷梨加招惹老笨的黑狗就成了我们四人的固定节目。直玩儿到冬天来了，树上别说梨子，叶子都掉没了，才作罢。之后，我的注意力就被新来的同桌吸引过去了。那家伙又黑又瘦，细胳膊细腿，还都很长，个子比我高半头还多。刚开始的几天他一直装酷，问什么也不答，而且无论上什么课他都是神游的状态，一直趴在课桌上写写画画。

吴文化把他领进教室并安排在我旁边的时候，说让我帮助帮助他，希望能让他尽快融入集体。我也就给吴文化一个面子，反正闲着也是闲着，就总惹他说话，告诉他每个老师的特点，班里同学的秉性。最后我拿“四大金刚”铺垫了一下，可惜地总结说，如果他早些转学过来就好了，我可以让他现场欣赏我怎么勇斗黑狗偷梨子。这事儿他似乎有点兴趣，所以扭头看了我一眼。我得到鼓励一般，添油加醋地把过程描述了一遍。

谁知他听了竟然开口说话了，他先是撇了撇嘴，“喊”了一声，然后带着点儿不屑，给我讲他为什么投奔隔着两个镇子的亲戚转学到这里的原因。

他在原来的学校就不爱说话，老师提问他从来都是一言不发，因为他不会。后来有一天因为提问他背诵课文，他连题目都背不出来，于是被留堂了，罚抄写课文一百遍，加上背诵才能过关。直到天黑，教室里还是他一个人，一个空白作业本。倒不是他写字慢，而是他压根儿就不想去办公室背诵那篇愚蠢的课文。

老师更怒了，说道：“不写完一百遍、不背诵课文，不许回家！”不仅如此，老师还有另外三不许：不许喝水、不许吃饭、不许上厕所。撂完狠话，老师锁了教室门去吃晚饭了。

前面两个不许倒也罢了，可是两个小时后他特别想上厕所。没办法，他实在忍不住了，就在讲台上拉了一泡大便，之后顺利写完一百遍课文，背着书包等在教室门口，老师一开门他就交上作业，并流利地背诵了课文，回家了。

但是第二天开始，他就再也不肯去上学了，哪怕被他父母揍了一顿又一顿。没办法，总不能不读书吧，只好给他转学。

我听他说完，惊得下巴差点儿收不回来。

真真是人不可貌相啊，谁能想到几天都不说一句话的人，竟然有如此传奇的经历？跟他一比，我真是逊毙了，干的那些事儿既不标新也没立异，简直像在幼儿园过家家。

我也因此绝望地发现，在叛逆这条道上，我真是一点儿前途也没有，哪怕连同桌的皮毛都做不到。因为我从来都没想过，也不敢想象，如果有一天不去学校上学的话，我该干什么，而且，我能到哪里去呢？

后来 / Later

我其实跟他同桌也没多久，听说他那个亲戚不太喜欢他，于是他很快就又转学了。之后我再没见过他，如今我怎么努力回忆，也想不起他叫什么，甚至除了细长胳膊细长腿，我连他长什么样都没印象。但是我的平庸却是那会儿就定了基调，从此我也再没做过什么出格的事儿，直到现在。所以无论什么时候聊起叛逆这个话题，我都会想起他。他是我的偶像，从那会儿就是。

小迷信

说真的，天底下再也没有比我妈更迷信的了。

别人迷信是因为结了疙瘩想不开了，遇到事儿解决不了，碰到奇怪的难题不知该怎么办，才稀奇古怪地迷信一下，碰碰运气。我妈不是，她自然大方，一点儿也没把迷信当成一个什么坏事儿，她迷信起来，就像柴米油盐不可或缺，像每天渴了要喝水饿了就吃饭饭后要洗碗一样。

比如弟弟有次被邻居攀峰家发疯的狗惊着了，当晚就发起了高烧，我妈第一反应不是去医院，而是抱着弟弟去他被惊吓的地方叫魂。我妈拉开嗓门，用我从来没听过的奇怪腔调一长一短地叫着弟弟的名字，“回来吧！别怕。回来吧！家里暖和……”我问起这是怎么回事儿，我妈淡然道：“你弟弟魂被吓丢在那儿了。”

比如我妈不想让我和弟弟偷偷下池塘游泳，她张口就是：“屋后塘里每年可是都会淹死人的，知道为什么吗？水里有妖怪，水蟾！”我反驳：“那你们大人干完活不也下水洗澡？”我妈怔了一下，反击道：“水蟾的劲儿只能缠住小孩子，一旦被缠上，它会越缠越紧越缠越紧，直到你喘不过气来，被它拉到水底收去当童子。”尽管我从来没听说过有妖怪水蟾，但小孩子被妖怪收去当童子这事儿还是知道的，《西游记》里就总有，于是心里多少有了忌惮。

如果晚上我们吃了饭不好好睡觉，还想出门玩会儿，我妈也不直接呵斥，只笑吟吟地提醒我们：“天越黑，小鬼塘里的小鬼越爱出来，变成绣花鞋，鞋里点着蜡烛，盯上谁就紧咬着脚后跟不放松……”说完她就低头忙自己的，好像那些话不是说给我们听的。每次我和弟弟听完都探头看看院外黑漆漆的晚上，表面装作满不在乎，但是在家门口绕了一小圈，还是心惊胆战地赶紧回屋。直到上床钻进被窝，我们还在脑补着一只点着蜡烛的绣花鞋正从门缝底下往屋里钻的画面，吓得我俩争抢着把被子往自己头上蒙。

还有很多例子可以说，比如每年中秋那天，我妈一定要把院子打扫得干干净净，等待中秋月升，小桌上摆上最好的水果、月饼，之后第一件事儿是全家挨个朝月亮跪下磕头，敬月神。过年那天，满桌鱼肉，最好的一块总是被我妈挑出来一筷子扔到门外，敬门神，敬年兽，完全不顾随后它就会被我的赛狮和弟弟的赛虎争抢着吃掉。夏夜看到田野里星星点点的亮光，我们正憧憬着是不是萤火虫开会，我妈的解释是坟地里的小鬼们出来乘凉，每个都提着灯笼……

好了好了，不列举了，不然就会有一个帖子出来，名字叫《那些年，我妈迷信的那一百件事儿》。其实我和弟弟后来也慢慢明白，我妈迷信这事儿真真假假，有时纯粹是信口编些神神怪怪的来吓唬我们。叫魂这事儿我说不清楚，也解释不了，但是水蟾和小鬼塘里的绣花鞋我真的从未见过，这就值得怀疑。不过这些空口无凭的事儿，也没法较真，能较真的，也无法分出胜负。所以我和弟弟慢慢琢磨着，如果能利用我妈迷信这事儿，才是最好的反击。

琢磨了很久，我们把目标集中到我家的那把扫帚上。

那把扫帚每天早晨和傍晚都会被我妈拿来扫院子，所以它的柄上面满是蛇纹一样的木头纹理，而且被我妈用双手磨得光滑油亮，带着一股不可一世的骄傲。它当然有资格骄傲，因为我妈除了拿它扫地，还一直用它来判断家里会不会来亲戚——不知是哪天，靠在院墙上的扫帚突然莫名其妙地倒了，我妈念叨了一句“今天家里不会来亲戚吧？”结果那天我大舅真的从六十里外的泗洪县赶来了，骑着自行车，大中午的才到，他是来通知我妈外婆病了的。那天晌午我妈来不及准备好饭好菜，我大舅随便扒拉几口饭，抹了几把汗珠子就着急赶回去照顾外婆了，我妈为此内疚了好一阵子。

从此以后，那把扫帚就成了风向标，只要它一倒，我妈什么活都会放下，先去弄两三个菜备着。要知道，我家一年当中只有过年过节才可以大鱼大肉，平日里个把月也吃不上一次饺子，可是扫帚一倒，那天即使没有鱼肉和饺子，饭桌上也起码会多出两个菜。

那把扫帚的地位和作用可想而知。

我和弟弟的心思，也就动在扫帚这倒与不倒上。只要哪天我们俩馋了，一对眼色，扫帚就会在我妈身后或者面前突然倒下。我家亲戚本来就不多，所以我妈每次都会在门口张望半天，眼瞅着午饭时间过了，只好任由我们一脸诡笑着，把菜狼吞虎咽着瓜分了。

当然，次数多了自然会露馅儿，常在河边走哪有不湿鞋的，打赤脚也得被扎一两回啊。识破了诡计，我妈举着那把扫帚追着我俩一人给了好几下。之后我妈看起来似乎对那把扫帚不再上心了，立也罢倒也罢，她也不再多看一眼。但是我知道，我妈不会突然之间就不迷信了，就像我们俩不会因为挨了一顿揍就不再嘴馋一样。

我妈不过是转移了目标，她把预感转嫁到了一把笤帚上——

那把笤帚是我妈亲手一根一根绑紧了高粱秆扎成，专门用来扫里屋的，如今用过之后它不再灰头土脸地被扔在门后，而是抖搂干净了，搁在门后墙上的两根钉子上。

我判断得没错，我妈依然坚信扫帚或者笤帚无缘无故倒了或者掉了，一定是有贵客到。只是这次我明白，不能乱用这个秘密。什么秘密用多了，都会破得像一层窗户纸。

那次动用，实在是迫不得已。过年离中秋节有多远你知道的吧？虽然中间有一个端午节，不过端午节是吃煮鸡蛋和粽子的，粽子即使放了糖，也不过是甜腻得齁人，鸡蛋能算荤腥么？所以没有鱼、肉和饺子的日子里，一肚子馋虫最难让人将息。忍无可忍，只好无须再忍，我和弟弟终于还是动了那把笤帚。在我妈也觉得日子有点儿无聊的一天，我们俩适时让笤帚突然掉在坐在门边做鞋的我妈面前。

我妈看着还在地上蹦了一下的笤帚，愣了一愣，随后满脸堆起了笑容。她放下手头的针线，脚步轻盈地从后院地窖里挖起了萝卜，剥开了白菜，都放在水里泡着，然后出门好半天才回来，左手拎着几棵蒜苗和葱，右手拎着一小块红彤彤的东西，一走一忽悠，竟然是一小块猪肉——是的，我妈明显是准备包、饺、子！

这完全超出我和弟弟的预期，本来我们只是要一个牙祭，结果得到一个大餐，预想盛不下惊喜，所以我们俩的殷勤献得连自己都有点儿看不下去。一个洗白菜，一个帮我妈在石臼里捶萝卜，欢天喜地一句话不敢说，唯恐我妈会改变主意。

之后，我们俩还自告奋勇学习包饺子，而且越包越好。看着饺子一个一个排队绕着圈围成一个好看的图案，心花全在脸上怒放了。

那天中午，一直等到太阳偏西，我妈也没有要煮饺子的意思，她也没在门口焦急地张望，只是煮了面条催我们吃，她眼角含笑嘴角上扬，一直做我和弟弟的布鞋。可饺子就在菜橱里，谁还吃得下面条呢？最后，太阳偏西了，两双布鞋都做好了，黑布白底，针脚细密，摆在地上像四艘漂亮的小船。这时，我爸回来了，一身风尘仆仆，一脸饥倦难耐。我爸十几天前出门，去我大舅那儿，他骑着自行车带着两麻袋棉花去的，换回来两麻袋花生，据说卖了花生，能挣出我和弟弟半个学期的学费。

我妈一脸预料之内的喜悦，一边打水洗毛巾让我爸洗洗擦擦，一边把我们忙活了半天包的饺子下了锅。我从来也没觉得煮水饺竟然需要这么长的时间，简直像过了一年。我妈一趟又一趟，从厨房端出五碗水饺，每一碗都盛得满满的，几乎没有汤。

那天我爸看起来像是半个月没吃过饭，饿坏了，呼噜呼噜连续扒了四碗饺子下肚，吃得一脸都是汗，身上的衣服都湿透了，完全没有在意到我和弟弟在旁边舔着嘴唇咽着口水。眼看着水饺越来越少，我们俩都快急哭了。第五碗水饺下肚之后，我爸终于停下了筷子，接过我妈手里的毛巾擦汗，这才留意到我和弟弟的焦急。

我爸扭头问我妈：“你们到现在还没吃饭？”

我妈温柔地笑道：“吃了吃了，吃了面条。你出门辛苦，这本来就是给你准备的。”

我爸满脸愧疚，那神情恨不得能把水饺吐出来还给我们俩。可他脸色红了红，只是说了一句：“我以为你们早吃过了。”说完，他脸上又布满了一层细密的汗珠。

看着五个空空的大碗，直到很久很久以后，我和弟弟都还觉得，那天我爸的那些汗，绝对是吃饱了撑出来的。

后来 / Later

直到现在，我爸还是最爱吃水饺，他自己说的，水饺是他的命，不过见到红烧肉就不要命了。只是如今他再努力，一顿最多也只能吃两碗水饺了，红烧肉禁食。他血糖高血脂高血压也不低，一切都因为太胖。有一天他自己悄悄跑到县城找医生诉苦，问怎么才能瘦下去。医生无奈地说：“只能少吃多运动啊！”我爸一脸苦相，“运动没问题啊，可是少吃，饿得难受哇！”

小上树

我知道这个习惯够得上怪癖的级别，但我乐意纵容自己养着这个怪癖——无论高兴、伤心、生气还是无聊，我都喜欢去树上待着。

我都忘了是什么时候学会的爬树，反正有一阵我裤子的两个大腿那里一直是烂的，我妈补来补去补烦了，再看到我裤子烂了直接给我一巴掌，同期声是“给你铁裤子都不够你糟践”。

所以我最喜欢夏天，因为可以天天穿短裤啊。虽然两条大腿内侧一缕一缕的伤口几乎就没好过，但还是高兴，不知道为什么。好在一层伤疤摞着一层，今天痛明天痒的，大腿慢慢练得比膝盖还结实，也就好了。

爬树自然是有乐趣的，刚开始是争强好胜，每个人都一样从零开始练的，谁愿意输给谁呢？后来我才发现技多不压身的好处，因为树上好吃的也不少啊，苹果、梨、枣、桃、杏、樱桃……随便举个例子：树上的桑葚哪儿的最好？当然是树梢的，个儿大，熟得也早，树杈那儿的桑葚刚开始泛红呢，树顶的桑葚都紫得发黑了。以前不知道，所以每年最好的桑葚其实都被馋嘴的鸟儿们吃了。上了树梢，面前的世界豁然开朗。当然，越往树顶树枝也越细，要身轻如燕更要胆儿肥，能在阳光雨露最充足的树梢弄到几枝熟透的桑葚，那成就感可以消灭你连输三天爬树比赛的羞辱。

还有海棠树，因为海棠果小，大多隐藏在树叶间，爬得高眼神好才能找到果子，当然也要快而迅速，这是为了躲过树主人和看树的恶狗。一旦失手，轻则你上得了树却下不来，重则躲得过一时也躲不过告状，那意味着无论你多晚回家都得挨上父母的一顿揍。我就失手过一次，狗在树下狂叫，海棠树的主人手搭凉棚想看清我是谁。没办法，我从海棠树上直接跳下池塘潜泳才躲掉。当然，脸皮厚能战胜一切，反正到了晚上海棠果都消化成大小便了，上门告状也没用，难不成还要还了？

树上当然不止有果子，还有鸟窝，喜鹊蛋掏下来就在池塘边挖坑煮了吃，味道跟煮鸡蛋比倒也不差。为了让每个人都能尝尝，我顺着树枝从屋檐里掏出一堆的麻雀蛋。偷吃鸟蛋会长雀斑的说法一直都在传，所以过了嘴瘾之后，每个人多少都有点儿担心。没多久，雀斑就在一片忧虑中逐渐出现在我们的鼻翼两侧。

只有我还敢吃，看起来是不信邪，但我知道自己是怕丢了位置。论成绩小利早超过了我，论实惠攀峰最舍得从家里拿东西来分。所以我必须有个什么撑着，胆大也算一个吧？

那天掏我家屋檐底下的麻雀窝，我有些犹豫，我怕瓦片恢复不好屋檐漏雨，我会被我爸揍。可是攀峰在后面一直跃跃欲试，想趁我难得犯怵的机会及时顶上。没办法，我硬着头皮掀起瓦片伸手去掏，没想到里面是一片冰凉光滑的触感。瞬间，我就“啊”的一声尖叫，像被开水烫了一样缩回了手，还碰掉了那片瓦。

“我好像被蛇咬了！”我把手举到眼前时，四个小洞汩汩流血，伤口周围又青又紫。小利惊叫：“不会是五步蛇吧?!”

我知道五步蛇是什么意思，传说中被它咬了，最多走五步，蔓延的蛇毒必将致命。我忽然觉得全身发紧，整个手发麻，快喘不过气了……小利和攀峰嚷嚷着赶紧去卫生院找王青皮，可是走了几步之后小利突然反应过来，问我：“你走几步了？”

我疑惑道：“三步？”

小利说：“你不能再走了，走够五步，那不就完了？”

一听这话我眼泪都出来了，谁能想到呢，我这辈子刚过了十年，就可能只剩下最后两步了。可这大晌午的，一个大人也见不着，回去喊大人来，估计只来得及给我收尸了。

小利让我蹦着走，理由是：“你想啊，五步蛇五步蛇，不能走超过五步，那蹦不能算走吧？”人命关天的节骨眼儿上，有个办法总比没有的好。于是我蹦了几下，小利说：“没错吧？要是走的话这都六步了。”

但问题是即使我能坚持蹦到卫生院，可天黑前到得了吗？于是我让小利去找了辆自行车，我坐在后座两腿悬着，按小利的说法，这应该相当于没走。

好容易到了卫生院，大家拼命叫“救命啊”，把正睡午觉的王青皮叫了起来。他只看了我的伤口一眼就生气了，嫌我们大惊小怪，他说我不过是被普通的花斑长虫咬了，这种蛇无毒，根本不用管它。最后连针都没打药也没吃，抹点儿碘酒就把我们赶走了。王青皮一边怒吼“你们能不能给我消停点儿，三天两头出鬼”，一边打着哈欠接着睡他的午觉去了。

因为那片掉了的瓦，我没有意外地被我爸揍了一顿，然后我拿了片新瓦上树，补上了屋檐。

我被蛇咬之后，再没人掏鸟窝了，好像是突然间，爬树这事儿也不流行了。

但我还是喜欢，不过我喜欢的不是爬树，而是待在树上。那天补了瓦，我怕我爸余怒未消，便在树上待了很久。因为无聊，我顺着树干一直往上爬，去树梢看看我家的屋脊——在太阳的映衬下，普通的屋脊竟然有几分巍峨。而远处分毫不动的蓝天和微风中时刻瞬息万变的白云突然击中了我，我愣着神，怔怔地看着，很有些心旷神怡。

就是从这天起，我越来越喜欢待在树上，发呆、出神、想事情。我发现自从躲在厕所里看武侠小说被我妈扼杀之后，再没有比在树上看书更好的地方了。在树上看累了可以睡觉，梦里除了刀光剑影，就是烧鸡烤鹅，还总遇到一位白衣少女，白纱蒙面，每次相视一笑，我就会面红耳赤地醒过来……

有时我也在树上背课文、写作业，甚至还唱歌。如今我已经怂得呀，别说当着全班同学和老师的面让我开口背一段课文，遇到亲戚熟人让我开口打个招呼都比登天还难。我妈生气，说我那次被蛇咬，把头魂吓丢了，完全变了个人。我也觉得老师们目光扫过我时，发出带着凉意的叹息。可是在树上就不一样，我能用最快的速度做完作业，并且流利地背诵课文。还有，我在树上唱歌可比在地上唱得好多了。

低处的郁闷在高处消化，在树上，一切烦恼都会被太阳晒干的，即使没有太阳，也会被风吹走。所以，树上是我的世界。

对于这种奇怪的状态，我也不是没懊恼过，明明在树上把课文背诵得滚瓜烂熟，可是课堂上被提问，我把桌角都快抠烂了也不能顺利背出哪怕一小段。但是遇到重点课文，吴文化是不会轻易忽略任何一个人的，他的撒手锏是要求每个人当堂背诵，做不到的只好留下来一个一个过。这招他使用娴熟，虽然在他“无可奈何花落去”般的摇头叹息中我能破罐子破摔，但在破罐子里的煎熬也是煎熬啊。

在《三味书屋》这篇课文上，我就没熬过去。吴文化似乎是瞅准了要收拾我，先是当着全班同学的面要求我背诵，我结结巴巴拼命背出“三味书屋、从前……是一个书塾，鲁迅……小时候、在那里……”，就彻底卡壳了，杵在全班同学面前红头涨脸。之后是留堂，全班共有八个不会背诵，留在教室加练。可是多冤枉啊，我明明会，只是一张嘴，就像风被一堵墙挡着，原地盘旋。

连最后一排老大难的“四大金刚”都磕磕巴巴过了关，教室里只剩下我一个。在“我默写给你看行不行”被拒绝之后，我依旧一张嘴就卡，还不停淌汗。见我干着急，吴文化忽然来了训话的兴致，“你怎么会变成今天这样的？你天赋不差啊，这其实就是态度问题，你惹祸不断还死不悔改。学学课文里的鲁迅行不行?!迟到一次在桌角刻个‘早’，从此再也没迟到过。你把‘认真’刻在心里好吧？”

我嘟囔了一句：“刻字还不容易？有用吗，有本事你上树，我倒着背给你听！”

吴文化疑惑着问：“你说什么？课文不会背顶嘴倒一套一套的，我看你这晚饭是不想吃了！”

说完，吴文化拂袖而去，出了教室走下台阶，他回头看我，显然，他也不知道该拿我怎么办才好。居高临下地看着吴文化，我忽然心里一动，一个大步踩上窗边的桌子，大喊道："吴老师，我站在这里给你背行不行？"

没等回过头来的吴文化拒绝，我就大声背诵起来："三味书屋从前是一个书塾，鲁迅小时候在那里读过书，现在是绍兴鲁迅纪念馆的一部分。书屋正中的墙上挂着一幅画，画着一棵古松，树底下卧着一只梅花鹿……"我越背越流利，越背越兴奋，到后面简直是朗诵了。

台阶下，暮色里的吴文化嘴巴张得大大的，满脸惊异。直到我背诵完很久，他才回过神来，对我挥挥手，"回去吧，你家大人该担心了。"

我知道我可能没病，但还是治好了。

后来／L a t e r

因为很少回老家，所以侄子外甥看我的眼神总是陌生而游离的。但没多久我就成为他们的偶像——因为我指着他们绕着玩儿的大柳树说："我小时候这么一棵树只要十几下就爬到顶了！"就这一句话，他们崇拜了我好几年。直到今年过年，实在架不住他们奇迹重现的央求，我试了一下。我想我即使上不了树顶，到树杈应该没问题。谁知刚挣扎第二下手就破了，我知道，大腿肯定也破了。掉下地面，我竟然累得喘不过气来。看着小家伙们眼里的疑惑和鄙视，我瞬间明白了掉粉是什么意思。

小补丁

我妈抠门那可是远近闻名，就拿我身上这条裤子举例吧——这条蓝卡其裤子最早是我大姐的，她穿旧了给我二姐，我二姐穿短了又给我。到我腿上时，膝盖那里已经磨得快透明了，随时会破个洞露出膝盖来。我妈说我整天上天入地的，本来就很费衣服，稍微省一点儿，凑合凑合穿个一两年肯定没问题。

这句话听得我伤心、无奈，沮丧得简直心如刀绞，因为跟我姐相比，从哪里能看出我是我妈亲生的呢？再说我都四年级了，让我穿这么一条裤子去上学，我得有多厚的脸皮才能做到若无其事?!

那条裤子又旧又皱又难看也就算了，裤脚还在我脚踝上面。最最无法接受的是，它、还、是、女、式、的！女式裤子的裤门不是在前面，而是开在左侧腰胯那里，这意味着每次上厕所，无论大便还是小解，我都要蹲下来。

想想这个情景，我都快哭了。可是这些不能跟我妈说，我一个男的，说这些多难为情啊。所以，我眼睁睁地看着我妈熟练地把裤脚拆线放了下来，这样才勉强遮住了我的脚踝。

我知道，哭、闹是没用的，我这个年纪了也没脸用这一招，再说有什么用呢？我妈向来说一不二，她不会因为我已经十岁了就改变主意。她说明年才能做新裤子，那今年就肯定没希望了。所以，我能做的，只能是欲进还退，先借这个机会、拿这个事情作为条件，跟我妈讨价还价。

我提的条件如下：“新裤子明年再做可以，但必须是全新的，也就是说，是直接做给我穿的，男式的——前面开裤门，可以站着小便。”

我耐着性子，等到我妈点头了，才乘胜追加条件：“这次的裤子起码要有两个口袋，要又大又深的，屁股那里最好再加一个小口袋。”

我嘴上边说，心里其实小算盘打得噼里啪啦的，口袋嘛，当然越多越好，弹弓、小人书、玻璃球、装零钱的瓶子，哪个都不能离身，其实要有四个口袋才够用！

可我妈是老江湖了，心眼儿那叫一个多哇，所以我追加的要求被我妈断然否决，理由是：“裤子口袋不仅费时、废布，而且手工钱还得多给裁缝，太不划算。所以，口袋只能有一个！”

我一时语塞，“嗯、嗯”了半天，突然异想天开道：“手工钱贵，你可以自己做啊，鞋子你都能做好多，裤子就几片布，难道不比做鞋简单？”

我妈听了，愣了一下。

其实我心里想的是，好吧，只要裤子是男式的、有口袋，这两条满足就行，我也不贪心。再说了，一年也很快，而且新裤子这事儿我其实可以努力让它提前出现，比如，我尽快把身上这条裤子穿破穿烂——我妈总不至于让我光着屁股去上学吧？

但是我怎么也没想到，我那句“裤子就几片布，难道不比做鞋简单”竟然点拨了我妈，她突然开了窍一般，很快翻出几小块布，比画着裁了，一针一线给我弟弟做起了裤子。我妈劲头儿很足，一条又一条给我弟弟连做了三条，可就像爱因斯坦那个丑陋无比的小板凳之前还有更丑的一样，我看着那几条左右腿总也不一致的裤子，想笑又不敢笑。好在我妈也意识到自己的缝纫天赋一般，到底也没勇气拿块新布冒险给我也做一条，这让我暗暗松了一口气。

没想到，第二天我穿着一条女士裤子的真相只藏了一节课，就被后座的刘双燕发现了——别看刘双燕的名字很娘，其实他也是男生，所以他的名字被我们取笑了好几年。如今终于逮着机会翻身，刘双燕特别兴奋，每次上厕所都盯着扭扭捏捏的我，亮出大嗓门嚷嚷："哟，女孩子尿尿才会脱裤子蹲着，你这是为什么呢？"

刘双燕提醒了大家，一阵观察之后，窃笑声四起。

"你不是女扮男装来卧底的吧？"

"哈哈，平时都说刘双燕是假姑娘，那应该叫你假小子？"

因为笑点新鲜出炉，于是大家围观着我，不肯出厕所，哄笑一阵又一阵爆发开来。我平日里能言善辩，可现在一句话也没有。面对大家的调侃，我只好假装什么也没发生，低着头，脸红耳热地挤出厕所，奔逃回教室。

刘双燕这么一闹，一天下来我觉得自己其实穿着一条钉子裤，哪里都不舒服。没办法，被逼无奈，我只好将计划提前实施——放学路上，我成功让裤子的两个膝盖那里开了窗户。唯恐破洞不够大，我又自己往外撕了一些，然后膝盖凉飕飕的就回家了。

谁知我妈看到我的裤子破成那样儿，一脸淡定地搬出针线筐，找出两块布，飞针走线，一会儿工夫，两扇窗户就合上了。好在两块补丁跟裤子颜色相近，针脚也整齐，乍一看几乎看不出补丁来。这就没办法了，我只能接受这个结果，硬着头皮迎接第二天。

但是同学的嘴可不是用补丁能补上的，他们把两片嘴唇上下一碰，讥诮和笑声就出口了，如乱箭穿心我还无处可躲。课间胡闹时，刘双燕简直成了我的专职找茬，随时随地招惹我。他知道，无论怎么惹我我也不会起身追他，我不敢。至于上厕所，我更是会形成一景，刘双燕甚至会招呼大家跟去厕所围观我。

要说裤子短一点儿也不是什么大毛病，我正长个儿呢，感觉裤子每年都在变短。可现在的问题是女式裤子裆浅，一旦我大步跑起来，裤裆很容易就会“哧啦”一声绽了线。我妈补了一次又一次，从裤裆到屁股，再回到膝盖，有时是无意的“天灾”，有时是我的“人祸”。没办法，我妈后来找了一块特别结实的劳动布，特意给我加宽了裤裆，才算解决了这个难题。

可另一个问题没法解决，我的情绪。自从那条裤子上身，我几乎变了一个人，回到家就把破了的裤子往我妈那儿一丢，不是少言寡语就是牢骚满腹，暴躁、易怒，跟我姐吵架，跟我妈顶嘴。我妈似乎猜到了什么，于是把针线筐摆在膝盖上，看着出半天神。

第二天，我在学校毫无例外地又一次被同学围观，可奇怪的是这次没有笑声，而是一片啧啧称奇，还不时有人伸手摸我屁股。

跑到厕所褪下裤子一看，两扇屁股那里的补丁上竟然多出两只熊猫，黑眼睛白身子，怀里还抱着一棵绿色竹子，我自己都看愣了。

很快，我膝盖那里的补丁上也出了花样，那是两棵绿色的枝蔓，到膝盖上之后开出几朵牵牛花。这次我不仅在教室被围观，连在上学放学路上都会有人好奇地多看几眼，还有女老师跳下自行车，问我裤子在哪儿买的。

我突然意识到，我可能因为这条打着补丁的裤子，莫名地走到了我们学校时尚的前沿。

有一天自习课，刘双燕红着脸小声地趴在我耳边，问我能不能让我妈在他的裤子上也缝两只熊猫，如果太麻烦了换成两朵花也行。我摇了摇头，告诉他裤子破了才会缝补丁，有了补丁才需要花样来遮掩。

刘双燕愣了一下，忽然从文具盒里摸出铅笔刀，在他裤子的膝盖那里割出两道长口子，当时我就惊呆了。

第二天，刘双燕的两个膝盖上也开出了花，不过这次是粉红色的月季花。我妈显然也误会了刘双燕的名字，以为女孩子肯定喜欢粉红的花朵。不过刘双燕毫不介意，几乎每天都穿着那条裤子满学校转悠，然后告诉我有多少人夸他裤子好看。

这件事情的高潮是我的新书包，那也是我的伤心事了，为了要一个又新又大的书包，我已经赌气每天抱着书本去上学快一个学期了。不知道是不是总有同学让我带衣服缝补让我妈得到了启发，反正有一天早晨，我妈突然变魔术一样拿着一个又大又厚、花里胡哨的书包给我。

看了半天，我才明白那个五颜六色的书包竟然是很多碎布头拼接而成的。那些碎布头平日里只有打补丁时才有存在的意义，而现在，它们就像太阳，呈碎片状光芒四射。

我妈说家里的碎布头几乎都用完了，本来她还想模仿二姐写的“天天向上”给我拼在书包上，可是布不够了，只拼成了一个小太阳。书包看上去就像一个补丁摞着一个补丁，针眼儿密得让人眼花。

可是我已经很惊喜了，因为我背到学校的第一天，书包就取代我裤子上的补丁成为焦点。几乎所有看到我书包的同学都惊讶得合不拢嘴，细看后又止不住羡慕。它果然像一个太阳，背到哪里哪里亮。

我更没想到的是，之后没多久，学校里慢慢多出了一个又一个碎布头拼接成的书包。我知道其中有一个也出自我妈手下，就是我弟弟背的那个。因为羡慕我的书包，他哭闹了三天。没办法，我妈跑去裁缝铺要了一些碎布头，给他也做了一个缩小版的。

而在学校和马路上耀眼地摇晃着的那些，是仿制品，可谁也阻挡不了它们的流行，直到不久之后连镇上的商店都有这样的书包在卖，不同的是那些是机器做的，每一个都一模一样。我妈完全没有料到，她竟然靠一针一线引领了一个风潮。

我妈也没想到，直到有一天新衣服、新书包都没用旧就会扔了换了，我还在梦里找那个晃眼的书包，还有那条一回忆起来仿佛在开花的补丁裤子……

后来 / Later

自从有了QQ，我的网名就一直叫兜兜。时光磨人，可无论消磨掉多少过去和记忆，我关于裤兜的回忆却越来越清晰。有人说这是老了的迹象，那我愿意在生命的兜里一直装嫩，直到身体和时光都打满了补丁……

小逞强

我好像真的没认真想过，自己在班里的处境其实有点儿尴尬。因为从托儿所就积累的神童光环只延续到了三年级，还没到小学毕业就消失殆尽了。其实我的成绩从三年级下学期就走下坡路，五年级时连徘徊在二十名左右都比较费劲。一句话，泯然众人矣了。这句话我可说不出来，是语文老师兼班主任吴文化说的。

我却没接受现实，还以为自己是老师和同学眼里的红人，有什么事儿仍旧爱第一个跳出来，逞强出头，扮演舍我其谁。说白了，我还陷在爱出风头的热被窝里，贪图瞩目和欢呼的感觉。等有一天我意识到自己已经不能一举一动都会让班里风云变幻时，我已经坐着滑梯，往普通小孩堆里一路滑行，越来越快。

大势已去的境况我一时半会儿想扳回来也有心无力，没办法，我只好不断用出格的行为，试图维持住我的声望。可一切真的不一样了，我的乐趣不再是跟小利争什么第一，或者抢着当什么班干部。用我妈的话说，我越来越调皮捣蛋，越来越万人嫌。可是在这个方面，我突然发现别有洞天——我就是觉得往女同学的文具盒里放小癞蛤蟆，听她们被吓得尖叫很有意思；没事儿就拽一拽前桌李菊的小辫儿，看她回头怒视我，这样更逗趣；老师在黑板前写字时往他身上砸粉笔头，他一转身我就和所有同学一起作无辜状，之后可以乐半节课。

吴文化脸上对我的恨铁不成钢慢慢淡去，他逐渐不再在课堂上叫我回答问题，甚至很久都不会再看我一眼。我一个偏科生，就语文还有点儿指望，如今连语文老师都不搭理我了。我不知道这样寡淡的日子要过多久，因为能让我开心的事情越来越少。

当然，我也一直在努力寻找机会，然后，我终于等来了愚人节。

愚人节在我们学校绝对是个新鲜事儿，很多人连听都没听说过。我给大家普及愚人节的知识时，是下午的自习课，教室里闹哄哄乱糟糟的。其实我也不是太懂，只是小利在县城姑姑家的表哥过年时候来小利家拜年，然后绘声绘色地用他愚弄同学和校长的经历给我和小利科普了一下。从此这个新鲜玩意儿就在我心里藏了将近三个月，像粒种子被期待泡得白白胖胖，然后终于等到了我的四月一号。

现在需要再次介绍小利了，因为在学校他跟我已经不是一路人了，作为数学课代表和学习委员的有力候选人，他如今的注意力都不在玩儿上。所以在我兴致高昂地带领大家开始体验愚人节时，他脸上没有一点儿期待，我相信他心里也没有。

听嗨了的是班里的大部分同学，特别是后面几排，大家先怯怯地尝试着互相小小愚弄了一下，之后教室里慢慢沸腾起来。可也没过多久，就因为没有新的惊喜和更大的刺激，大家又渐渐失去兴致，气氛慢慢往下降。我觉得我必须出手了，离放学还有一节半自习课，我接受不了自己攒了这么久的一个撒手锏，这么快就风头逝去。于是我提出，其实最有挑战的是愚弄到吴文化，这才是最大的刺激——那么，今天谁敢揭下这个“皇榜”，谁无疑就是班里胆子最大的人。

沉默了一会儿，连坐在教室最后的“四大金刚”都面面相觑不敢出头时，我才拿出当仁不让的气势，自揭“皇榜”，在大家的注目中去往办公室。

我得承认，教室往办公室那不到一百米的距离很难走，我捏了捏拳头，顿了顿脚，咬牙忍住了紧张。可是到了办公室门口，我探了几次头，还是没敢进去。我踌躇着如果退回去该用什么借口，结果坐在窗边的吴文化抬头喝水时看到了我。我知道这下没有退路了，于是瞬间把惊慌、急促和告密的神情准备好，像个影帝一样隔着窗玻璃语无伦次地说:“吴、吴老师，有人、打架!教室里……”

吴文化惊讶地看了看我，然后不慌不忙地把茶杯盖拧紧，问:“谁打架? 怎么班长没来告诉我?”

“就是他啊，一个人跟‘四大金刚’打起来了，你快去看看吧，班里可乱套了!”说完我头也没抬，转身就跑。这符合告密的节奏和风格，实际上我是怕再多说一句就笑出来了。可是毫无来由地，我忽然感觉后背一凉，猛然醒悟过来，以我现在的处境，一会儿真相大白，一顿训斥是跑不了的。没准儿吴文化一生气还动手呢，毕竟班里还从来没人敢骗他。如果他下不了手，告诉我爸呢? 那顿打可就没这么简单了。

想着想着，我有点怂了，停下脚步等着从办公室小跑着出来的吴文化。等他走到我斜前方，我跟上他，怯怯地暗示吴文化:“吴老师，你知道今天是什么日子吗?”吴文化疑惑着扭头看我一眼，眼睛里是焦急，还带着点儿愤怒。他茫然地想了一下，说:“没什么日子啊，不年不节不考试。”他一副没有开窍的样子，这下我彻底慌了，只好继续提醒他，“今天是阳历四月一日，好像是个什么节。”

这时，教室已经到了，里面一派反常的祥和气氛，丝毫没有打群架的乱糟糟景象，甚至因为一场好戏要开演，反倒比平日里的自习课显得更安静。显然，撺掇我去办公室的那帮家伙都在装无辜。可教室门上赫然贴着“节日快乐”四个大字呢，这事儿谁干的?!

直到这时，吴文化才突然打通任督二脉的样子，一拍大腿，叫道:“四月一日，愚人节，我上当了！”

顾不上去欣赏他脸上的表情是怒是笑，我飞速逃回到位子上。等我坐定，教室里已经沸腾了，大家瞬间纷纷起身，围在窗玻璃后面，看着吴文化讪讪地往办公室走。我原以为接下来很可能会是一场狂风暴雨，竟然就这么无声无息地什么都没发生。

可教室里再也没安静下来过，虽然没有发生集体围过来给我点赞的情况，但是每个人都在讨论刚刚发生的一切。议论、窃笑、惊奇，每一句都指向我，于是我心虚地坐着，不敢动，一边窃喜自己的逞强成功，一边装作若无其事地暗爽着。

这次玩儿得有点大，但我玩成了！

最后一节自习课过半，已经有人开始收拾书包准备放学了，吴文化突然推门进了教室。我瞬间后背一层冷汗，这是秋后算账来了！我赶紧把头低下，趴在桌上装傻。吴文化进来后，一直没说话，只是满脸严肃，用眼神在教室里巡视了一圈，拍了拍手里抱着的一摞试卷，加开了一次班会课。

吴文化从我们这次实验测试的成绩开始讲起，之后讲到课堂纪律、任课老师给他的小报告、大家学习态度的涣散，完全是要疯狂拖堂的节奏。最后，我最担心的事情还是发生了，他声调一高，怒道：“竟然还有人不好好自习，去办公室戏弄老师。什么愚人节?! 那是外国的节日，中国人过洋节是崇洋媚外知道吗！”

大家都不敢抬头，也不敢笑，我则大气都不敢出，把自己几乎摁到桌洞里，胆战心惊。对我来说，这时最大的救星就是放学铃，只有它能拯救我。可是放学铃在几万年之后才慌乱地敲响，谁知吴文化仍然没有丝毫要停下来的意思。他的结束语是让上次实验考试的后二十名留下，再做一次 B 卷，做完试卷自己交到办公室，才能放学回家。

一开始大家面面相觑，直到前二十名一一开溜，我才意识到吴文化是来真的。不然他不会在前二十名走的时候在门口一一为他们侧身让道，点了二十个数后，他把门一关，留下一个愤然离去的威严背影。

我第一个接受现实，因为即使吴文化开恩，不去告诉我爸今天我干的这事儿，回家太晚也跑不了一顿揍。于是我第一个上讲台拿试卷，大家跟着赶紧忙活起来。

眼见天色渐暗，校园里从热闹的放学状态渐渐空空如也，从窗户看出去还有几丝诡异的静谧，可没人去欣赏，都在埋头做试卷。

因为先下手为强，我第一个做完试卷，但隐隐觉得有点奇怪，因为我很久没做过这么顺手的试卷了，每道题目似乎都有点儿熟，但又不敢多想。做完最后一题，肚子里已经饿得轰隆轰隆山响。

尽管这样，我还是等着凑齐了三个人，才敢拿着试卷去办公室交给吴文化。

来到办公室，吴文化的办公桌没人，只亮着一盏台灯。偌大的办公室就像一个黑暗的血盆大口正在吞噬着小台灯。被第一个推进去的我不由得打了个冷战，浑身起了一层鸡皮疙瘩。吴文化的办公桌上很干净，只放着一张白纸，纸上是熟悉的钢笔字：节日快乐！

我知道，这是吴文化的反击。我仿佛看见他此刻正在宿舍吃着饭菜，边吃边忍不住“扑哧”一声笑了出来。

后来／L a t e r

很久很久之后的某一天，我正在为自己买的那套小房子的房款焦头烂额，QQ 上突然有个好友申请，留言是：我是谁你猜，肯定猜不着。通过申请之后，第一句话就开门见山，介绍他是吴老师，第二句话是问我现在怎么样，第三句话是他要在县城买房子，钱比较紧，能不能借给他五万。从此以后，我们再没说过话，有时我看着那个灰色头像，会发愣走神，我一直希望这个人是骗子。

小探险

顾孟东最近一直神神秘秘的，连续几个星期都问我周末要不要去他家玩儿。

我觉得有点儿奇怪，顾孟东是我到初中以后认识的第一个同学不错，可是我们还从来没有去过对方家。于是我问他："你家是有了什么稀奇玩意儿？是不是逮着狐狸了？"顾孟东摇头，"没有。"我再问："那，你们村最近周末有电影看？"顾孟东还是摇头，"没有。不过，有比看电影还好玩儿的！"

我好奇心被勾起来了，"什么能比看电影还好玩儿？"顾孟东抿嘴一笑，"这个就得你亲自去才知道，是探、险……"

我呼吸有点儿急促，探险？这可是只有在小说和电视里才见过的玩意儿，神秘、惊险、刺激可以形容它，却不能概括它。于是我假装淡定，平静地问：“探什么险？”

顾孟东继续扮神秘，“一个地道，算了，说是说不清的，反正里面不仅有老式电话机，还有以前地下党传情报用的那种打字机……”

我知道顾孟东不是故弄玄虚，因为我这个好朋友身上总能发生一些我从来不会遇到的稀奇古怪的事情。就像刚刚升入初中不久，有一天上午上早读课，坐在我斜后方的他突然用手捅我。那会儿我们还没说过话，所以我疑惑着回头看，他拎着一只又肥又大的兔子的耳朵，兔头差点儿凑到我脸上。这家伙，上学路上竟然遇到一只野兔，被人用猎枪打伤了两只腿，从路边草丛中一瘸一拐撞到他自行车前轮上。因为要迟到了，他下车扑到兔子就塞进书包赶着上学，等他拎出来向我炫耀时，兔子已经死了。第二天，他就给我带了满满一碗兔肉，又香又嫩又辣。就因为这碗兔肉，我们俩才成为彼此的好朋友。

成为好朋友之后，我见识了他更多奇遇，比如初一冬天的第一场大雪，把路完全覆盖了，加上大风一直狂刮，于是路边深沟里的雪和马路一样平。骑自行车上学的他一不留神滑进沟里，他爬了半天也没能把自行车弄上来。要不是路过的伙伴帮忙，他都可能被埋在雪里，那样我可能初一下学期就没这个好朋友了。

于是我再也忍不住浑身蔓延开来的好奇，嚷嚷道：“我这个周末就去！”

计划了半天，我用周六补课一天的借口骗过我妈。那天一大早，我按顾孟东给我画在纸上的路线图，穿过四个村子，拐过六个岔路口，打听了三个人，总算找到他家。正在吃早饭的顾孟东按捺着我的急切，逼着我尝了他妈新腌的咸菜，喝了一肚子玉米粥，还吃了两个锅贴，这才带着我出门。我们俩挎着篮子，带着两把镰刀，我指着篮子和镰刀问："这是……"

顾孟东抿嘴一笑，"伪装。这探险的地方目前只有我一个人知道，不伪装一下，秘密可就泄露了。"

我心领神会，压抑着急迫，跟着顾孟东逶迤着绕到河边。顾孟东先四下张望了一下，蹲下低呼："先割草。"

我们俩认真割了一会儿草，慢慢把篮子快装满了，顾孟东才又起身看了看，领着我弯腰来到一片特别茂密的草丛前，向我示意。我张大了嘴，惊讶道："在地下？"

"地道，当然在地下了。"顾孟东看了我一眼，没再说话。看得出来，尽管这不是第一次来，他还是一脸的紧张。顾孟东用镰刀先把草丛慢慢分开，途中不停抬头张望附近有没有人留意这边。渐渐的，草丛越分越清楚，一个半人高的洞口豁然显露。洞里黑乎乎的，感觉有几丝凉风往外直冒。

我突然有点害怕，低声问顾孟东："你进去过吗？"

顾孟东带着更紧张的神情，呼吸加快加粗，"进去过一次，但是没太敢往里走。今天咱们是俩人，能壮壮胆。"

我听了更害怕，身上鸡皮疙瘩起了一层。不过想想，探险嘛，一点儿危险没有叫什么探险，再说顾孟东还在我前面。

我跟着顾孟东猫腰刚钻进洞里，果然一阵阵阴风，凉飕飕的。顾孟东忽然停下来，用手在兜里掏了什么，然后双手捂着，“啪”的一声，亮了。是打火机，他想得倒真是周到。我暗暗攥紧了手里的镰刀，又走了几步，感觉洞里稍微宽敞一些了。我直了直腰，让眼睛慢慢熟悉里面的光线。

黑暗、安静和阴凉让我有点儿发抖，牙齿相碰，“咯咯”直响。

“我老在这河沿割草，可从来没发现过这个地洞。今年雨大，有一天我割草时听到这边‘呼通’一声，像地陷的声音，然后跑过来看，才留意到。”顾孟东开始不停说话，不知道是给我解释还是给他自己壮胆。可自顾自说了一通，顾孟东的声音却也慢慢开始有点儿发抖。

感觉慢慢没风了，顾孟东松开捂着火机的手，洞里慢慢敞亮起来。很快，我们俩接连打起了喷嚏，是一股潮湿的霉味，很重。顾孟东再次打着火机，我们俩慢慢看清了，因为在河边，加上今年雨多，这里的确很潮湿，地上一踩，水和泥“吧唧吧唧”响。到里面时，地洞已经有一人多高，地洞里靠两边摆了很多东西，蒙着厚厚的灰尘，也看不清是什么。我和顾孟东吹了吹最高的那个东西，又用篮子里的青草撣了撣，才慢慢发现那像是一架打字机。我在一些战争的电影里见过，只要一摁按键，会发出“嘀－嘀嘀－嘀－嘀嘀”的那种叫声。另一边挂在墙上的似乎是个电话机，这是我们俩猜的，因为已经锈迹斑斑了，勉强看得出一个弯弯的东西，像听筒。再往里，是几张已经被水泡得发黑的木桌，可能也因为天长日久，已经腐朽了，用手轻轻一碰，就散架了。

顾孟东在前面走，突然脚一崴，差点儿摔倒，吓了我一跳。当他再起身时，让我帮他打着火机。火苗燃起，我见到顾孟东一脸兴奋，手里举着一块烂布包裹着的东西，揭开布，天！竟然是一把手枪。

不过手枪明显已经不能用了，外面一层都是锈，顾孟东把它一翻个，手枪枪筒里直往外滴水。可我们俩还是兴奋异常，觉得终于找到一个又酷又稀罕的东西。手枪哎，电影里见过那么多，什么时候见过一把真枪？即使它已经锈迹斑斑。

我们俩都觉得再往里似乎有道门，只是门外被很多淤泥挡着。加上火机里已经快没气了，火苗越来越小，黑暗则显得越来越强大。于是我们俩决定往外退，决定回头再带手电筒和铁锹来，看看那道门里还有些什么稀奇古怪的玩意儿。

从地洞里钻出来，顾孟东把手枪塞到篮子里的青草底下，想了想，又掏出来，扔回地洞。后来我问过顾孟东，为什么把手枪又放回地洞，顾孟东的回答跟我猜测的一模一样，他说就一把枪，带回去我们俩谁留着呢？干脆等下次来再找找，争取每人一把，多威风！他说完后，我瞬间觉得我们俩的友谊又升华了。

回到顾孟东家，我们俩从头到脚都又是水又是泥，顾孟东的爸爸问了好几遍这是怎么了，我们俩互相看了一眼，坚决不说。这种只属于我们两个人的秘而不宣的感觉，和在地洞里的心惊肉跳遥相结合，让人异常兴奋。

那天，我和顾孟东到河里玩儿了半天，游泳、摸鱼，中午还各自吃了三大碗米饭加鱼汤。眼瞅着下午该是放学的时候，我原路返回，装作正常放学回家。

我妈没看出来我补课一天有什么不一样，可是我自己知道，一切都不同了。我是个探过险的人，而且我和顾孟东约好了，等放暑假，我们俩多做些准备，再次探险，下次一定要把地洞探查个遍。

可惜的是，这个计划很快就夭折了。

坏消息是还没到放暑假的时候顾孟东带给我的，他说今年雨水实在太多太大，第一次洪水，河水涨上岸之后又退了下去，洞口他就找不到了。可能是水灌进去之后，地洞塌了，也可能洪水猛烈，把一切都冲走了。

我们俩为此难过了整整一个夏天，我们一直都在猜测那个地洞到底是干什么的。百思不得其解之后，我们还去问过顾孟东他爸。他爸根本不相信，他说他在河边打鱼种地几十年了，从来没听说过竟然有这么大一个地洞。后来我们又壮着胆子去问班主任杨峰，他也不相信，一再怀疑是不是我们俩做了一个相同的梦。见我们言之凿凿又赌咒发誓的，杨峰这才将信将疑，猜测说：“如果真有这种事，那有可能是当时内战时期的一个地下电台或者战争中的地下联络处。不过我还是不相信，你们俩敢钻这么深的地洞？不是编故事来骗我的吧？”

我们俩不太相信杨老师这个猜测，总觉得这太简单了，地洞里应该有一个更惊险和曲折的故事。

不过说到最终，我们俩最纠结遗憾的其实还不是这个地洞到底是干什么用的，而是那把手枪，当时真不该再扔回去。

后来 / Later

2012年，顾孟东儿子出生，他给我发短信报喜时，我还顺便问了顾孟东还记不记得当时那个地洞。顾孟东疑惑着问我：“咱们俩还钻过地洞一起探险？我怎么没印象。”你看，真应该把那把手枪留着，证据都没留下，连当事人自己都不敢相信了。

小痴迷

如果说迷恋武侠小说也有段位，那我顶多算是刚入门往里走了几步而已，不过是走马观花囫囵吞枣看个热闹，跟跟风免得跟同学没有话题。人家顾孟东可不一样，追看、喜欢、沉迷这些普通的词对他是失效的，因为他早已不在我们这种普通的段位之内，一般的形容词也断断概括不了他追武侠小说的状态。

他是痴迷。

看武侠小说忘记做作业和上课被老师一番训斥、回家偷看被父母逮个正着一顿饱揍，这些也算不寻常了吧？可顾孟东是秒杀这些症状的，他根本无视这些遭遇，因为他可以半天不动弹、几顿不吃饭、天天不上课。

我真的没有夸张，到现在顾孟东这些事儿还被我们的初中班主任杨峰拿来警诫那些00后。虽然如今他已经是校领导级别，很少再亲自去给学生们上课，可是他一开口就会有几百上千人听，因为是在全校师生大会上讲。

顾孟东的秘密开始并没人知道，包括跟他关系不错的我。因为那次探险，我们俩的确更亲近了，可毕竟放学就互相见不着了。他是初一下学期开始经常不交作业的，学习委员催不着他，他根本不搭理。任课老师催也没效果，因为催急了他就请病假，所以刚开始他还早上来交个假条，之后慢慢就整天整天的不来上课，说是医生叮嘱让他在家里边养病边自学。看来他自学的效果不怎么样，因为每次测验，他的成绩能上两位数就算超常发挥，而他看起来也不在乎，考出再低的分数你在他脸上也找不到丝毫的引以为耻。

好多年后，当全国各地都有逃课沉迷网吧打游戏的新闻，我都禁不住表示一下鄙视，相对于整日整夜地盯着屏幕打打杀杀，顾孟东的行为是多么不羁而浪漫啊。这是后话，一会儿再提。

顾孟东的秘密的揭开是因为任课老师们都火了，一方面觉得威严严重被挑战，同时也觉得顾孟东既然总生病，别拖拖拉拉了，干脆休学一年，养好病再来上课吧，这样起码期中期末考试不会拉低全班的分数。向班主任反应多了，杨峰终于忍无可忍，火了。于是，杨峰很少见地没有走先叫家长来学校的程序，而是直接上门家访。我想帮这个好朋友也帮不上，因为我也好几天没见着顾孟东的人影了。

那天家访是我带着杨峰找到顾孟东家的，全班只有我一个人去过他家。刚开始顾孟东爸妈满脸都是不相信，拍着胸脯赌咒发誓说不可能，因为顾孟东每天一大早都准时出门上学，放学回家比以前是晚一些，天不黑不见人影，可不是说读初中作业就多了吗？

这说法，别说我，连杨峰都听糊涂了——天天早出上学，为了做作业放学晚归，那他是怎么做到考试只考几分的？他到底去的哪个学校上学？我是他同桌又是好朋友都很少见到他，他是穿越时空到另一个世界上学了还是偷偷练就了特异功能会隐形？

顾孟东的妈妈最先开始回过味儿来，她看着顾孟东的爸爸，迟疑着说，要说不对劲儿，就是最近顾孟东要零花钱越来越多了，问他，说是嫌中午回家吃午饭太浪费时间，在学校吃食堂，方便学习。顾孟东的爸爸眼睛都圆了，恍然大悟道，他又跟你要了一回零花钱？我每个星期都给他一次啊！

这情况，杨峰都不知道该说什么，只好安慰他们俩，说顾孟东三天两头交病假条，说在家养病自学，这么说来顾孟东没生病，没去医院，也是个好事。

这下我开始替顾孟东着急了，越说越离谱啊！光病假我都替他请了不下十次了，顾孟东这是在搞什么鬼？也不事先跟我通风，我该怎么为他打掩护呢？这谎看来很难圆了。

杨峰说他想不通的是，最近偶尔见到顾孟东，确实病恹恹的，整个人虚弱恍惚，脸色发白，而且越来越瘦。这一点顾孟东的爸妈也有同感，一直点头，说原来以为这孩子是突然懂事了，知道用功学习，这下看来不打是不行了！

杨峰连忙说，还不知道什么情况，不能动手。

我心里暗叹道，好吧，一切只好等到天黑，等顾孟东回家，才能真相大白。顾孟东，这次我真的帮不了你了！我一肚子疑惑，也满腹担心，却只能眼睁睁地看着天色慢慢变暗，天黑之后好大一会儿，顾孟东才背着书包晃晃悠悠回到家。

也不用过堂会审了，顾孟东一看到杨峰，就全招了。

顾孟东每天上学是没错，可是除了测验、考试、偶尔去交请假条，其余的时间他都在学校外面的一个大草垛上待着，从早上到天黑他只干一件事，看武侠小说，一本接着一本。

这下很多事儿就都好解释了，顾孟东多要钱不是为了吃食堂，而是因为租书是要钱的，而且随着看小说的速度越来越快，租书的频率不断增加，钱越来越不够用，他只好耍心眼儿，向他妈要过钱之后再跟他爸要一回。面黄肌瘦病恹恹的是因为他几乎每天都不吃午饭，一是看书看迷了，根本想不起来吃，二是如果吃午饭，租书的钱就更少了。

当着杨峰的面，顾孟东他爸脱下鞋就开始往顾孟东身上招呼，顾孟东躲闪着，他爸见距离远了又抄了把笤帚，倒拎着接着打。他妈有些心疼又不敢劝，边朝顾孟东哭骂他胆子太肥了，边帮着顾孟东挨两下，有时说着说着气不过，又伸手帮着打两下。顾孟东开始还哭，后来看他似乎没力气了，站着不动，脸色煞白。

从头到尾我都不知道该怎么办。对于挨打我经验丰富，可是看着好朋友挨打，自己感同身受却又不能帮忙，只能茫然无措地频繁看向杨峰，希望他关键时候能发挥一下师道尊威，让顾孟东起码有个机会解释一下，顺便少挨一些打。

可能是觉得差不多了，也感觉有些不太对劲儿，杨峰伸手拦住了顾孟东他爸的笤帚。这下我们才发现顾孟东眼睛紧闭，不哭了，也不说话，嘴唇青紫，脑门上都是汗。顾孟东他爸松开攥着顾孟东胳膊的手，顾孟东竟然直直地就向后倒了下去，他晕过去了。

后来送到医院，打针加吊水，顾孟东才缓慢地醒了过来。医生说，顾孟东晕过去是因为长期营养不良，很虚弱，加上饿了一天又被打了一顿，被吓得不轻。

于是顾孟东一语成谶——医生反复叮嘱他爸妈，要让顾孟东好好在家养上一阵子，上学的事可能要考虑休学了，靠自己在家自学。

但没多久，顾孟东还是回来上课了，他不愿意休学。看起来他胖了一些，也更白了，最明显的变化是他竟然戴着眼镜。他近视了，度数还不低，所以他成了我们班第一个戴近视镜的。顾孟东比以前沉默寡言了许多，任凭围着他的同学怎么调侃，他一言不发，只低着头看书。

顾孟东回来的时候，初二的分班考试都快开始了，所有初二的学生因为这次考试，将根据成绩重新打乱分班。之后，每个班级名称前也就会多一个字，快或者慢。这次我连帮顾孟东辅导的时间都没有，所以考试之前我就知道，我们俩初三应该不会分在同一个班，也不能再称彼此为同班同学。所以考完试那天，我们俩在学校外的池塘边坐了很久，就慢慢聊天，聊初一、初二我们做过的事儿，和他那段草垛上的时光。

他还带我去看了那个草垛，顶上被他掏了一个凹坑，正好躺得下他。那些日子里，顾孟东每天的内容几乎都是一样的：一本一本地看武侠小说。如今回想，他已经不记得什么故事情节，甚至连主人公姓名都忘了，因为太多，都看乱套了。反正，看困了就晒着太阳吹着风睡一觉，醒了接着看。他说他不知道饿，也不觉得累，只是感觉这个世界真小啊，好像草垛上就是江湖，下面就是悬崖。刀光剑影他喜欢，江湖险恶他也喜欢，奇门异派他更喜欢，至于儿女情长，他还不太懂。顾孟东说他觉得最奇怪的是书里有好多情色描写，让他看得面红耳赤，总觉得莫名冲动，焦躁异常，然后又有无人知道的羞怯……

我最感兴趣的，其实是顾孟东怎么从武侠小说里挣脱出来的，这事儿他没说，我也没好意思问，这事儿想来换谁都会有点儿羞于启齿。

没想到杨峰竟然知道，而且在分班之前的最后一次班会上说了，当着全班同学的面。他说他经过了顾孟东的同意——顾孟东在医院的时候，他和顾孟东聊过好多次，没聊学习、人生、未来这些无聊的事情，就是听顾孟东聊他最喜欢的四大偶像写的武侠小说。可是聊了半天杨峰才发现，顾孟东前前后后几乎把学校周边所有能看的武侠小说都租遍了，可是顾孟东租的都是最便宜的，人物、情节、细节都很奇怪。后来他特意去看了，那些书竟然不是金庸、古龙、梁羽生、温瑞安写的，他拿了几本一端详，作者是全庸（也有金庸著）、吉龙、粱羽生、温瑞农。

嗯，盗版真害人啊！

后来 / Later

好多好多年之后，我和顾孟东已经失去联系好几年了，他突然给我发了个短信，说他儿子出生了，让我帮他给儿子起名儿。我特别高兴，除了普通级别的好看好听的字，我还查了小宝宝的生辰、属相、星座等，另起了金、木、水、火、土都合适的名字备选，可是，最后一个字都没被征用。问顾孟东原因，他说没一个有大侠风范的。我去！

少年·萌

Chapter 2

篇二

那些在黑暗里悄悄长出的
奇怪念头，真是
世间最美好的想象

小伙伴

我们家一直就没断过养猫。

家里当然也养别的，各有各的用处嘛。养牛，是忙时用来下地耕田闲时可以生牛犊的；养猪，是为了养肥了好杀了过年；印象中我家还养过一匹马，红毛黑鬃看着很神气很潇洒，可是耕地跟牛搭配不好，生马驹又总是不顺，很快就被卖了；家里养狗是看门用的；养鸡则是因为它们能下蛋。

那么，养猫，当然是用来捉老鼠的。

我完全不知道第一只猫来到我家的情景，因为那会儿我还没来到这个世界上。在我小学毕业的那个暑假，每一天都百无聊赖——紧张的考试之后是坠落般的失落，而且一起玩儿的伙伴们走亲戚的走亲戚，补课的补课，连小利都去了他外婆家，舒服得不肯回来。也因为这样，形单影只的我才留意到我家的那只猫竟然是个标准的美猫——猫身是灰、黑、深黄三色，虎纹一般整齐均匀；猫尾巴又粗又长，和身体的比例恰到好处，让猫看起来矫健修长又不失优雅；猫的眼睛是清澈的琥珀色，瞳孔中间的墨黑纯净而深邃，它让猫安静时总像是在想些什么，沉思中有几分忧郁。

这只猫在我家已经是第几代了连我妈也说不清楚，没特别留意过。它们也一直都是用同一个名字，咪咪。似乎每一代咪咪都是眼前的这个样子，连体型都没变化，所以也引不起特别的注意。讨喜的是，咪咪们继承着勤快高效的基因，所以我家一直没有被老鼠祸害。以至于我第一次见到老鼠的样子，竟然是在我们班的自然课本上。

那个正午，家里人都在睡午觉，连整天缠着我跟在屁股后到处跑的弟弟都趴在风扇下睡着了。我家院子里因此寂静异常，连树上的蝉都不叫。从来不睡午觉的我意兴阑珊地坐在门槛上，浑身软弱无力，脑袋得用手托着腮帮才不会垂下来。外面的太阳很大，没有风，整个世界似乎都和我一样，呈完全放空状态。

我百无聊赖，不知道怎么打发这个下午，这才注意到在院子里伸着懒腰的咪咪。我无聊地唤了它两声，确定我是在叫它之后，咪咪试探性地朝我走了几步，尾巴微微一甩，白色的尾巴尖朝上弯到面前，坐在地上认真地看着我。

我和它整整玩了小半天，等到我爸妈他们打着哈欠出门时，太阳已经西斜，天气开始凉爽下来。咪咪已经和我熟了，我可以拽着它的尾巴让它原地打转，它也不恼，还可以撵着它爬上树杈，下来时它嘴里竟然叼着一只蝉。什么都玩腻了，我看着院子里两棵树中间拴着的晾衣绳，突然冒出新的主意。我抱着咪咪让它上了树，然后示意它从晾衣绳的一端走到另一端的那棵树上。这事儿有点儿大，咪咪显然没干过，所以我示意它好几遍，它还是满眼迷惑，犹豫不前。我一着急，直接抱着它放在晾衣绳上，慢慢撒手，然后跑到绳子另一端的树下，召唤着它。它后腿抓着树皮，两条前腿在晾衣绳上晃了晃，稳住了。在我一再催促之下，咪咪慢慢往前挪了两步，尾巴在空中竖得又直又高，但没走两步，就一翻身掉了下来。

它在空中凄厉地尖叫了一声，然后“咕咚”摔在地上，“喵呜喵呜”的呻吟声微弱、缓慢。就在我发愣的工夫，咪咪自己慢慢起身，晃了晃脑袋，试着迈腿，慢慢拖着步子走开了，始终没再回头看我一眼。

吃晚饭的时候，我妈“咪咪、咪咪”叫了很久，唤它吃饭，可它一直没出现。之后很多很多天，我都没再见到它。直到有一天晚上睡觉，我听到老鼠在房梁上成群结队，窸窸窣窣，旁若无人地跑来跑去，我知道，咪咪可能不会回来了。我妈也放弃了希望，在饭桌上说准备去别家再抱一只猫回来养，不然粮仓很快就该遭殃了。我立马反对，说咪咪肯定会回来的。可是我嘴里塞着饭，他们都不知道我在说什么。于是我说着说着，哭了。

全家都奇怪地看着我，不明白为什么我会有这样的举动。二姐嚷嚷了一句“男儿有泪不轻弹知道吗”，鄙夷地看了我一眼，接着低头吃饭。我奶奶从袖子里抽出手绢递给我，让我擦眼泪，可我接都不接。弟弟举着筷子，指着我张大的塞满馒头渣和辣椒炒鸡蛋的嘴巴笑个不停，直到趴在饭桌上压翻了他面前装着粥的碗。

只有我妈似乎看出了点儿什么，她接过我奶奶的手绢，抹了抹我的眼泪和鼻涕，让我先吃饭，说再抱一只猫回来养的事儿回头再说，也许过几天咪咪真会回来——狗记千猫记万，说的是猫走万里路也能找到家。

我就知道我妈会理解我的，因为她向来心软。她每年春天开始养一头小猪，说是为了过年杀了吃肉，吃不完的猪肉还可以拿去卖，给我和弟弟买新衣服。可是每当年关将近，猪圈里的猪也又肥又壮了，我爸请的杀猪匠上门来，刚开始磨刀，我妈就哭了。我爸想过好多办法，杀猪那会儿让我妈出门去，或者把猪赶到别处去杀，可每次折腾下来都是一样的结果，不杀了，宁愿麻烦一些，把猪赶去镇上卖了，再拿钱去买猪肉。

对猪来说，最终的结果当然都是一样的，可是我妈说，她明知道自己养的猪逃不过挨那一刀，可是她离得远，看不见，心里就不那么难受。

可是我不一样，咪咪是被我气走的，我为了自己高兴把它戏耍了半天，还不知道把它摔成了什么样呢。如果伤得不重，它肯定早回来了，既然不回来，不是特别愤怒气难平，就是伤得特别重，在哪个角落里……我不能往下想。

咪咪走了之后，我就把所有的后悔、愧疚、遗憾统统捏成一个词：弥补。我必须得做点儿什么，好让自己心里好过一点儿。所以当我看到我妈买回十几只半大的鸭子时，我眼睛一亮。我妈说，鸭子比鸡勤快，鸡是隔一天生一个蛋，鸭子是每天一个。我知道，即使鸭子没有这个优点，我也会喜欢它们的，所以我主动承包了这群鸭子的所有事务，每天打扫一遍鸭圈，一天三顿按时喂它们。另外，只要我吃，就让它们吃，只要我喝，就会给它们添水，我吃稠的不会给它们稀的，我吃肉绝不挑青菜给它们。

我一点一点看着它们褪去黄色的绒毛，长出褐色和白色的羽毛，嫩黄色的小扁嘴变成了姜黄色的大嘴，短短的脖子变长，并且戴上了绿莹莹的围脖。它们早上出门下水，我送去，晚上我一只一只赶回院子。

直到有一天早上，我发现这群鸭子有好几只竟然一口食也不吃，一片菜叶也不肯碰。饲料不够可口？水不够清澈新鲜？换，统统换新的。可它们还是不肯吃一口，直到傍晚仍然如此。我不知道怎么了，但我知道肯定是我做得不够好。你想想看，不吃不喝怎么继续长大？不长大怎么一天生一个蛋？不能天天生蛋我怎么证明我这事儿干得还不错？

我必须阻止这让人沮丧的结果。于是，我把那几只鸭子隔离开，一一硬掰开嘴，强行填喂，一口饲料一片青菜再加一口水，它们还是不肯吃，大多都吐了。我亲眼看着有一只艰难而不情愿地咽下了这些，才稍稍放心。可是没多久，它就由蹲着变成趴着，第二天早上，它挺着脖子伸直双腿躺在地上，死了。

我慌了，这才想起叫我妈来。我妈看了看，说我把东西塞进了鸭子的气管。我妈又伸手摸了摸鸭子的屁股，说，这只鸭子有蛋了，可能是准备要下蛋了才不肯吃喝。鸡鸭生第一个蛋需要的时间都特别长，因为很痛。你往嘴里硬塞，它还能怎么办，只好用死亡捍卫自己的尊严。

从我妈嘴里说出“捍卫尊严”这个词，我有点儿诧异，也有点儿想笑，可是我笑不出来。我不明白，以前是我伤害了咪咪，可是这次我是好心，为什么好心也会伤害它？

看着躺得直挺挺的鸭子，这次我没哭，但我很伤心。一连好几天，我都比看不见咪咪更难过。哪怕马上就要开学了，开学就要念初中了，可我还是没有一点兴奋，每天怏怏的，像生了病。

开学前一天，我坐在门槛上收拾书包。正午的太阳已经不像之前那么暴晒了，只是感觉浑身暖暖的，有点痒。我抱着刚刚收拾好的书包，恹恹欲睡。突然，我听到“喵”的一声，开始我以为自己是在做梦，可是相继又听到几声更微弱的“喵”。

我睁开眼，慢慢看清了，院子中央的那棵槐树下，咪咪正逗弄着一只“吱吱”叫的小老鼠——它时而用爪子摁住，时而用嘴衔回。接着，它身后的五只跟它一模一样的小咪咪，每一个都学着它的样子，围着老鼠“喵喵”地惊叫着……

我“咪咪”地叫它，咪咪瞄了我一眼，没理我，而是向后退了几步，给小咪咪们让出空间。它右后腿微微有点瘸，但是不妨碍它尾巴微微一甩，白色的尾巴尖朝上弯到面前，它认真地坐在地上，看着它的孩子们。

后来 / Later

我真的是一个特别不争气的人，当我有条件重新养猫的时候，医生告诉我，我动物毛发过敏。如果想一切重来，我要忍受长期打喷嚏、浑身长疙瘩、一年三百六十五天吃抗过敏药。所以，我注定只能成为一个毫无出息的叶公好龙式动物爱好者。即使找到机会可以在文字里追忆一下它们，还到处都是我造成的伤痕。

小黑店

天底下最好听的声音是什么？

是我妈在厨房里正忙活着，突然探出头来朝我喊："酱油没了，快去叽咕咚家打一斤，等着下锅炒菜！"

为什么说这是最好听的声音，我想你懂的吧。你看啊，酱油是一块钱一斤，而我家的酱油瓶即使装得满满当当的，也不过八两。可是每次我妈把酱油瓶递给我的时候，都是顺手给我一张一块的钞票——嗯，她身上有八毛的可能性很小，也没法现折个角让一块变成八毛。所以，打一瓶酱油有两毛钱的油水可捞啊！

我妈也知道一块和八毛的秘密，所以她想让我欢天喜地地按她想要的速度往叽咕咚家跑，给我一块钱去打八两酱油是最好的办法。所以她在我跑起来的时候理直气壮地补充一句："你看着点儿，别让叽咕咚往里兑水。”

叽咕咚这名字一听就是外号，他大名叫纪国栋，五十多岁，开着一家食杂店，卖油盐酱醋糖这些鸡零狗碎的生活必需品。往叽咕咚家跑的路上，我心里的小算盘噼里啪啦就打开了，最近我看上小虎队的一盘磁带，小利已经有了，好听得要死。小利倒也愿意借给我听，可总不能整天借吧？再说小利也爱听。不过这阵子我手头紧，如果靠一个月打一回酱油攒的那两毛钱，我估计小学毕业也不一定能买到手。

没别的办法可想，只能硬抠。说起抠，我看着叽咕咚家的方向，忍不住笑了。叽咕咚的抠，早已冲出我们村走向全镇了——这人又高又瘦，所以他喜忧参半，喜的是瘦，这会让他饭量小，吃得少。而高就是忧了，因为做衣服费布。这可不是我不尊敬长辈笑话他，如果你了解情况，就知道这对他来说实在算不上是笑话。就说他家那食杂店吧，屋里永远黑咕隆咚，他不肯开灯，嫌费电。当然，另一个说法是：他为了给别人打酱油、醋和酒的时候，光线不好可以掩护他往里兑水。这也倒罢了，我最讨厌的是他家的屋里比外面低一截，像个坑，却又弄了一个又高又宽的青石条当门槛。我每次进屋，一下扑进黑暗里，感觉跟跳悬崖似的，每次我都要在黑暗里惊魂未定地愣半天。问他为什么弄这么高的门槛，叽咕咚在黑暗里幽幽地说：“你小孩子家家的知道什么，这地形聚财，财像水，往低处流，光进不出知道吧！”

说起叽咕咚抠门的事儿，那可够我坐在青石条门槛上说半天的。挑一个我亲眼见过的吧，叽咕咚喝粥——桌上一碗玉米渣子粥，一小碟黄豆酱，大概几粒黄豆隐约可以数出来。他先用筷子顺着碗边儿把粥都抹到嘴前来，呼噜呼噜几大口，停下来，夹一粒沾着酱的黄豆，放嘴里砸吧砸吧两下，之后竟然又夹回碟子里。然后又是一阵呼噜喝粥，再把那粒又沾上酱的黄豆放回嘴里。几次三番，碗里的粥没了，他才夹着那粒黄豆，和着最后一口粥，嚼着咽了下去。他喝过粥的碗和筷子不用洗的，干干净净。有人说叽咕咚喝完粥会舔碗，这个我没见过，不敢乱说。

叽咕咚对自己抠，别人顶多就当看笑话，可他对别人也抠，大家就有意见了。在他家买东西，就没有不被他克扣的，盐、糖从来都是连纸和包扎绳一起算重量卖的，酱油、醋、酒一斤兑二两水，人尽皆知。就连去他那儿买盒火柴，里面也会被他抽出好几根来留着自家用。可是没办法，村里一共就两家食杂店，总不能锅里还炒着菜，穿过整个村去另一家买吧？再说了，用我爸的话说，天下乌鸦一般黑，无商不奸。

想了半天，我只能寄希望于把叽咕咚盯紧一点，好给自己留点儿机会。我小心翼翼地从门槛上扑进黑暗里，甜甜地叫了一声：“纪大爷，我妈让我打半斤酱油！”

叽咕咚在柜台里疑惑着“嗯”了一声，“打半斤？你家每次都是打八两的。”

我脸热了一下，估计红了，好在屋里黑，看不见。我镇静了一下，淡定地说："嗯，今天我妈说打五毛钱的先对付一阵。"

叽咕咚慢悠悠起身，接过我手里的酱油瓶，凑在眼前迎着外面的光线看了看，然后弯腰往角落里走。那里有四个缸，一个盛酱油，一个盛醋，还有两个盛酒，一种是一般的白酒，两块钱一斤，一种是好的，四块一斤。我慢慢适应了屋里的光线，看到柜台上放着一盒拆了一半的火柴，显然是叽咕咚又在从每盒火柴里克扣几根，于是我抓过来"嚓"的一声，点着了一根，讨好地说："纪大爷，我给您照亮儿！"叽咕咚满脸都是恼怒，"这孩子，照什么亮啊，闭着眼我都不会弄错。你乱擦火柴，浪费，又不安全，这缸里可是好酒，着火了怎么办？"

我抿着嘴笑了。我不过就是提醒他，我在你身后看着呢，别使花招。叽咕咚在黑暗里熟稔地把漏勺准确插进酱油瓶中，拿起半斤的勺，在酱油缸里哗啦哗啦搅了几下，舀了一勺，灌进酱油瓶，发出汩汩的细碎声响。

我给了一块钱，叽咕咚找了我五毛。我把五毛钱折了三次，塞进裤兜里的小玻璃瓶，估计这个瓶塞满了，小虎队的专辑也就到手了！

拎着半瓶子咣当的酱油，我一溜小跑回到家，先躲在厨房门外，用凉水慢慢往酱油瓶里灌。眼看着黑色酱油慢慢升高到瓶口那块儿，酱油已经明显稀了，颜色也由黑变红。

我妈接过酱油只端详一眼，就满脸怒色，说："这叽咕咚真是越来越不像话，这卖的是酱油还是水啊！"说完又冲我发火，"他打酱油时你看没看着啊？"

我心虚道："看着啊，我还擦了根火柴给他照亮呢。"

我妈的双眼一向是探测器，平日里叽咕咚八两里兑了二两水我妈都一眼看得出来，何况半斤了兑了三两。所以我妈越想越气不过，突然一摔锅铲，一手拎着酱油瓶，一手拽着我，去找叽咕咚算账。

我一路磨磨蹭蹭，可还是没能拦住我妈，她最后几乎是揪着我来到叽咕咚家。我妈也没客气，开门就见山，"他纪大爷，孩子来打酱油你也知道是谁家的，怎么能糊弄小孩呢？八两酱油得有三四两水！"叽咕咚显然有点急了，"我、我……没兑啊……"我妈可不管他，自顾自理直气壮下去，"你不知道酱油兑多了水几天就坏啊，几毛钱倒是小事，到时一家人吃坏了肚子，谁担责任?!"

叽咕咚有点儿有口难辩的意思，竟然一伸手开了电灯，来到酱油缸旁，拿着三个勺子回身说："不瞒你说，这生人和外村的来打酱油，"他举起最小的勺子，"一斤我才兑一两水，咱们这一个村又邻里邻居的，我怎么可能蒙小孩呢！"

我妈见叽咕咚不承认，急了，几大步迈出门外，嗓门加大，嚷嚷道："你也知道邻里邻居的啊，叽咕咚，你这么干下去，可是开黑店啊！你自己都说过，兔子不吃窝边草，不能小孩来打酱油，你就敢使劲儿往里兑水啊！”

没多会儿，就聚了一大群看热闹的邻居和路人。我躲在人群外，低头坐在门槛的青石条上，脸红耳热，胳肢窝也悄悄出汗。我不知道该怎么办，承认了吧，少不了挨顿打，不承认呢，这事闹下去不知道该怎么收场。

很快，叽咕咚的儿子纪连海来了。他刚结婚，住在屋后的新房里。纪连海嫌他爸叽咕咚太抠门，觉得丢脸，所以一直不肯在食杂店帮忙。偶尔被叽咕咚训斥游手好闲说急了，纪连海才不情愿地到店里坐着，还经常当着来买东西的人的面揭叽咕咚的短，说为了仨瓜俩枣缺斤短两最没意思。把叽咕咚气得，一狠心跟纪连海分了家，把小两口赶到食杂店后面的新房自力更生去了。纪连海倒也有骨气，每天下地干活，叫嚣着即使出门讨饭也不开店坑人。可如今店里有事，他做儿子的到底也不能装作看不见，来圆场了。

纪连海一声不吭，进屋就找了个干净瓶子，灌了满满一瓶酱油塞到我妈手里，意思是息事宁人。叽咕咚在旁边急了，叫嚷着:“我对天发誓今天我没兑水，打半斤酱油，我兑水的话谁看不出来?!”

“半斤？”我妈似乎反应过来了，忙从兜里掏出一块钱拍在叽咕咚手里，说:“我来不是想占你便宜，只是想要一斤好酱油。”

说完连忙转身，一手拽起我，一手拎着酱油瓶，快步回家。

路上，我妈只扭头看了我一眼，我就全招了。

后来 / Later

去年春节我回老家，听说叽咕咚已经去世了。他那间守了几十年的黑咕隆咚的食杂店早拆了，原地盖了一栋两层小楼，二楼住人，一楼开了间超市。进去时，老板竟然是纪连海。他可能是看我面熟，满嘴生意人的腔调招呼我说："哟，好久没见你来买东西了，去哪发财了？"当初死活不肯帮忙打理食杂店的纪连海，如今竟然子承父业，开了个全村规模最大的超市。我笑了，轻叹一声："是啊，好久没来买东西了，有二十年了吧。"

小妖怪

你的夏天在哪儿过的?

我是在水里。说确切一点儿，是在我家屋后的河里。那条河没有名字，而且早被拦腰切断了，被加宽、挖深，就成了池塘。水绿莹莹的，算不上清澈见底，但你不会见到有人往里扔垃圾，就连牛羊去饮水都会先拉了尿了才会被牵去。因为池塘里不仅养鱼，也洗衣服，还淘米洗菜。

另外，池塘在我们眼里还是乐园。

读了四年级之后，我们个头蹿高了不少，水性自然也有提升。所以跟着夏天一起到来的暑假，我们每天除了睡觉、吃饭，几乎都泡在水里。菜鸟在池塘边的浅水里从狗刨开练，水性没问题的就从树杈上翻跟头跳水，我们几个自认水性好，从来都待在池塘中间水最深的地方——我们试过叠罗汉探底，四个人摞起来，最上面的人只能在水面露出半个脑袋。

混深水区的，最爱玩的是比赛，那是池塘里的奥运会。

我们没有奖牌，但是有奖品，西瓜、甜瓜、黄瓜、西红柿，早晨带着露水摘下的，然后各自潜到水底，一一摁在淤泥中，等到下午开吃，一口甜到心底，吃完凉透全身。按惯例，比赛从南岸开始，向北潜泳，比谁一口气游得最远。这是最考验实力的项目，谁都可以参加。当然也比些别的，比如自由泳拼速度，水下憋气拼时间，抓地潜泳拼谁线路最直。虽然奖品最后都是瓜分，但你吃的什么这很重要。冠军可是亲手砸开西瓜，按名次每人分一块，然后在一片艳羡里啃着冠军专属的西瓜瓤，这跟名次最末、蹭半块黄瓜或者一个小西红柿，感觉能一样吗？

一个暑假下来，每个人都会被晒得焦黑油亮的，泥鳅一般。不过暑假快结束了，父母们好像商量好似的，各家都有了大同小异的或训斥或告诫或谈话，无非是暑假作业做完了没有？检查了吗？做完了还可以预习下学期的课程啊！语重心长声严色厉，说我们已经大了，不能再整天只知道疯玩儿不问明天。结束语是：不能整天在水里泡了，水里有妖怪！再说现在最重要的事情应该是收心读书，以后不是看谁会玩儿，而是看谁成绩好，谁最知道好歹，谁最有出息。

总之，意思很简单，我们都不小了，而玩儿是小孩子才有的专利。

我们的反应，自然没有一个是顺服的，什么未来、前途、成绩、出息的，无聊又虚幻，哪里比得上在水里泡半天快活。用我奶奶的话说，一群野惯了的小牛犊，说拴起来就拴起来，不尥蹶子才怪。

所以，第二天我们该怎么玩儿还是怎么玩儿，暑假快结束了是不错，不是还有十几天吗？那就更应该抓紧享受。再说了，温度每天还都在 32 度以上，地里的瓜果还那么新鲜，池塘里的笑声从来不断，问明天干什么——明天只要不下雨，池塘里的水就不会浑浊，我们就可以继续。

但很快，那个关于妖怪的话题悄悄传开了。各家父母说的不太一样，但大同小异，总之是池塘里有水妖。妖怪的故事我们从小听得多了，倒也不稀奇，我们甚至都信了这个世界的确是有妖怪的，田里有蛇妖，林子里有树妖，水里有河妖，每种动物都有修炼成功的妖怪。我们觉得稀奇的，是池塘这么小的地方竟然也有水妖，而且离我们如此之近，我们却毫不知情。按大人的描述，水妖很怪，不是《西游记》里那种青面獠牙鬼怪，它叫水蟾，像蛇，但比蛇长得多，无色透明，没有眼睛鼻子耳朵，只有嘴巴。水蟾爱吃十来岁的小孩，一旦被它缠上了就手脚挣脱不了，只好一点一点窒息，然后被它吞进去。

传说听起来很有趣，但我们一个标点符号都不信。水蟾，这个妖怪的名字听上去一点儿都不恐怖，最搞笑的是它爱吃小孩，这明显是大人编故事来骗我们别再下水了。所以我们把水蟾当成一个笑话，笑点是大家玩得正高兴，突然有人一个惊恐眼神，所有人都吓得四下逃散，大叫自己被水蟾缠住了，在水面翻滚作窒息状，然后以狂笑结束。

新伙伴瑞龙来的那天，我们都很兴奋，表演得格外逼真，差点儿把他吓哭了。瑞龙是邻居老弯的外孙，县城来的，城里小孩。老弯以前是中学教师，拿工资不种地的，所以一直有点儿优越感，老喜欢穿着整整齐齐的中山装背着手在田间散步。老弯不知是吸粉笔灰久了还是身体本就不好，提前退休了，有时正散着步，突然咳嗽得腰也直不起来，谁看见了就用车给他推回去吃药。所以我们给他起了个外号，老弯。

瑞龙每年都会到外公老弯家过暑假，城里小孩白白净净斯斯文文的，根本不像我们。他是老弯女儿的独生子，听说成绩还特别好，所以老弯担心他跟我们玩得又黑又野，跟女儿没法交代，看得很严。

不过瑞龙特别喜欢跟我们玩儿，虽然每次都会被老弯骂回家去，但一有机会就偷偷跑出来。他很聪明，没多久就学会了游泳，也很快就敢到深水区。不过瑞龙跟我们不一样，我们三两下脱光了下水，他不是，他穿着蓝白相间的游泳短裤，还戴着一副蓝色的泳镜。我们试着戴过泳镜，的确可以睁着眼睛，可是水底什么也看不见。

而说到妖怪，瑞龙明显比我们感兴趣，但是问清传说的各个版本和细节之后，瑞龙摇着头，肯定地说："这么小的水域，应该不会有这种生物。"

县城来的、成绩特别好、从很多杂志和书里见过世面的瑞龙都站在我们这边，我们更觉得妖怪水蟾是个笑话了。所以等到我妈在饭桌上跟我讲起这个传说时，我笑着问我妈："你见过水蟾吗？"我妈瞪大眼睛回答："当然没见过，见过的人哪还能活着啊！"我接着问："都说水蟾没眼睛，看不到，它怎么知道谁是小孩谁是大人？难道它学过数学，知道我们几岁？"

我妈怒了，拿着筷子戳了戳我额头，开始列举每年在池塘消失的人畜，"太早的人说了你也不知道，就从大前年说起，那年淹死的是老于头，他会水；前年是你刘大伯，水性出了名的好；去年倒是没淹死人，但是淹死了一头牛犊，还是水牛——水牛天生就有水性怎么会淹死？肯定是水蟾缠的啊，每年一个，就是今年水蟾还没缠人。"

我自信地说："即使真的有水蟾，我也不怕，它有没有我游得快都说不好。"

我妈把筷子一摔，"信不信由你，反正每年水蟾缠人都是夏天，这是妖怪的习惯！"

我不敢再顶嘴，低头一直扒饭。

那天晚上我就梦见了水蟾，它在我身后成 S 形游着，吐着长长的信子追我。我一直回头想看清它的模样，可是只见一条荡漾开的水纹，看不清它长什么样。眼看水蟾越来越近，急得我一下醒了。

第二天，池塘里人明显少了。有人脱了衣服坐在岸边，但扭扭捏捏不肯下水。问起怎么回事，支支吾吾说不出名堂。好在瑞龙来了，看来又是趁着老弯午睡偷跑出来的，连泳镜都没带。我格外卖力地跟瑞龙把各种好玩儿的游戏都玩儿了一遍，一边大声笑话岸上的人。有人明显眼馋了，想下水，又有点迟疑。

准备上岸时，我的脚突然抽筋了，忍了好一会儿也没忍过去，只好仰在水面惨叫了两声，瑞龙拽着我到了水边。这下岸边几个脱了一半衣服的又赶紧穿上，围着我，眼里满是惊惧。

瑞龙扳着我的脚往下压，抽筋好了之后，我坐在岸边对着水面出神。大家都散了，瑞龙还陪着我。我见过别人抽筋，但我没有，所以心有余悸地问他这是不是水蟾对我的警告。瑞龙坚定地摇头，一字一句地说:“我回去查过了，世界上根本没有水蟾这种动物，也没有妖怪。”我接着问他:“书上说的就对吗？《西游记》里说有蟠桃园，天兵天将，还有孙悟空猪八戒沙和尚，可实际上没有啊。”

瑞龙无语，咬着嘴唇一声不吭。直到我起身拍了拍屁股上的尘土，穿上衣服，他还是望着水面出神，他说他会证明的。

“你怎么证明？”我“嘁”了一声，走了。我当然不相信我妈说的，但我也不相信瑞龙说的。《小马过河》说只能信自己的感受，我得好好想一想，以后还要不要下水。

那天晚上一直睡不着，我后来几乎想通了，觉得还是瑞龙说的更有道理，所以第二天一大早我去找他。我在院外喊了好几声瑞龙，可院子里没有老弯熟悉的咳嗽声，从门缝里看，屋里没人，门却没锁。

回家问我妈，我妈说：“你不知道啊，昨晚瑞龙丢了，只在屋后的池塘边找到他的泳裤和一个眼镜。他妈报了警，他姥爷急病了，还在县城住院呢，估计不行了。”

我“啊”了一声，嘴巴半天没合上。我将信将疑地到池塘边坐了半天，没发现水面有什么异常，还是绿莹莹的，可是大热的天，水里没有一个人。

我终于还是相信了那个传说，从此再也不敢下水，甚至晚上一个人都不敢去屋后的厕所。即使白天经过池塘边，也不敢细看，我知道水面还是绿莹莹的，但总怕水面上突然有一条 S 形水纹荡漾开来，后面拖着一条蓝白相间的泳裤……

后来 / Later

中考那年，我竟然在县城的考场偶遇瑞龙。我们俩生分了，除了互相询问考得怎么样，几乎没什么可聊的，当然也没聊妖怪和那年他失踪的事儿。真相总是来得很晚：老弯突然病情严重，被女儿带着急救车连夜接到县城，不久就去世了。那次让我抽筋的游泳，是我最后一次在池塘里下水。前几年回去，池塘的水是墨绿的，承包池塘的人要立体养鱼、鳖和黄鳝，所以水里不仅扔青草，还有鸡粪、化肥。现在池塘已经养不了鱼了，附近开了面粉厂和木材厂，池塘里浅浅一汪黑色的水，时刻都是腥臭的，朝向池塘的窗户都不敢开。

小鞋子

那双鞋出现在我眼前时，我觉得它简直不是从鞋盒里被拿出来的，而是自己跳出来的，带着耀眼的光芒。那可是一双皮鞋啊，枣红色的鞋面，橙黄色的牛筋底，鞋底还各有一排可爱的菱形方框，每只鞋都松松垮垮地系着鞋带，懒散又傲娇。我以前可一直穿的是布鞋，你想想吧，我妈前后要花五六天才能做好一双布鞋，可我穿上边走边踢着石子儿，两天就能踢坏一双。

我忘了我第一眼看到鞋时有没有呼吸急促，但眼睛瞪大了绝对是有的。这可是我第一双皮鞋，而且竟然是我、爸、买、的！

我爸什么人啊，在他眼里，只有天塌下来才是他表现的时候。所以即使他总出门，可连糖果都没给我们买过一块，更别说衣服鞋子玩具了，我严重怀疑他知不知道我们衣服穿多大、裤子有多长。所以我对他也从没有奢望，每次回家他能有个笑脸、少揍我几次我就烧香拜佛了。可这次，我爸不知道哪根筋搭错了，竟然给我买了双鞋子，是单独给我一个人买的哦，皮鞋！天啊，他挑的还是最洋气的枣红色，而且还是我喜欢的系鞋带的。最神奇的是，他竟然知道我脚几码……

这种种破天荒加在一起，让我心里严重不踏实。那天傍晚，我被大姐、二姐、弟弟围在中间，看着我妈给我洗脸洗手洗脚，然后试鞋子，她们眼里的羡慕嫉妒恨我完全领会不到，因为我一直有些恍惚。我甚至惴惴不安地想，不会等一会儿给我梳洗打扮好了，弄得干干净净漂漂亮亮的，然后把我卖了吧？

皮鞋不大不小，软软的底、硬硬的帮，系上蝴蝶状的鞋带，我妈高兴地拍了拍手，让我走两步，“去给你爸看看。”我爸正坐着吃饭，一边大口咬着馒头就着炒辣椒和蒜泥，一边扭头微笑着看我。我像是踩在棉花上，不，肯定是踩着云朵，摇摇晃晃扭扭捏捏地走到我爸跟前，两只手不知道往哪里放，那一刻我只希望自己无限缩小、缩小，缩到鞋子里。因为以往我爸出门回来，第一件事是算旧账——看看他走之后我都干了多少坏事惹了多少祸，然后根据严重程度和他的心情，来选择大、中还是小的一顿揍。可现在他一直对我笑，笑得我心里发慌浑身发毛，慢慢觉得这新鞋里似乎有刺。

见我表演完毕，我爸也把精力都放在对付馒头、稀饭、炒辣椒和蒜泥上，我妈笑着招手让我回去，然后把我的皮鞋脱下来，用抹布掸一掸刚踩在地上沾的土，说：“我先替你把皮鞋收起来，等过年过节或者有什么重要日子，让你穿出去，绝对洋气！”

我这时才发现弟弟的眼神，那已经不是嫉妒所能形容的了。也难怪，我爸一向喜欢白白胖胖粉团一般的弟弟，因为他乖顺听话啊，所以他即使心血来潮买点儿东西，按理也应该给弟弟买。所以我有点儿心虚地低下头，看着我妈仔细擦了擦实际上并没有灰的皮鞋，并把它们裹上防潮纸装进盒子，塞进床下的箱子里。弟弟的眼睛一直跟着那双鞋上上下下地走，等我妈盖上箱子并推进床底下，再放下床单，我估计弟弟已经“失明”了，因为他的眼睛留在箱子里粘在鞋上了。

我早已在心里开始噼里啪啦翻日历，我妈说的过年过节或者重要日子，“下个星期堂哥结婚，全家都要去吃酒席的，这算不算重要日子？”

我妈给出的答案快速、直接而否定，因为吃酒席的人太多，那些菜油油腻腻汤汤水水的，把鞋弄脏了怎么办呢？

这个结果没出我意料，所以我在心里继续翻日历。中秋节刚刚过去了，后面等到过年可有点儿远，冬天都还没到呢。那，只能等下个月了，因为下个月学校要办一学期一次的全校颁奖大会，颁发班级、年级的前三名和三好学生的奖状、奖品。到时我肯定是要上台的，想象着我穿着闪闪发光的新鞋子，一步一步

“咔咔”走上台，站在大家面前，胳膊底下夹着卷成卷轴状的奖状，手捧着奖品，全校老师和同学都能看到我枣红色的皮鞋，然后“哗哗”鼓掌，那我得多有面子！

我很快就把自己在脑海里描述无数遍的场景说给小利听，想提前得到点儿艳羡。可是小利满眼都是怀疑，“你爸揍你都嫌不够，还能给你买新皮鞋？”

我就知道小利不能相信，所以第二天趁我妈不在家，我掀开床单、拉出箱子、打开鞋盒、解开防潮纸，让小利亲眼看看。小利不仅看了，还用手摸了摸，装作内行地说：“皮子不错。”我带着“这下你终于信了吧”的表情，正要把防潮纸重新裹上鞋子再放回去，突然发现鞋子的鞋带没了。我带着点儿惊慌一回头，门外一道阴影闪过，我蹦起身两步跨到门口，是弟弟。他眼里有几丝惊慌，又装作没事人一样。

“是不是你拿了鞋带？”我没有大声，也没有生气，我喜欢先礼后兵，“你要是拿去玩儿了就赶紧还给我，我就当什么事儿也没有。”

弟弟微微低下了头，接着又昂了起来，说：“如果你答应把皮鞋让我穿一下，我就把鞋带给你。我只穿一下！”

我懒得跟弟弟计较，我是他哥哥，赢了他我也不光彩，万一输了——当然我不会输的，我说的是万一——我爸很快就会帮他赢回去。所以我点点头，大方地说：“没问题，不过要等我先穿了领过奖状奖品之后。”

弟弟一见我点头，兴奋地有点趔趄着跑到里屋，从他的书包里拿出那两根枣红色的鞋带，我一点一点穿回到鞋上。弟弟在边上看，一直等我穿好了鞋带他才敢说话，“说话算数啊！”

等待颁奖大会的日子是我一天一天掰着指头这么熬过去的，我每天似乎都能听到鞋子在我妈的床底着急地“砰砰”乱跳。想想也是，对一双皮鞋特别是新皮鞋来说，有什么事情能比一双脚穿上它更有意义呢？

可是颁奖大会终于到来的那天，天公不作美，一大早就满天乌云，要下大雨的样子。我妈不肯让我穿新鞋去学校，说下雨了又是水又是泥的，新鞋穿一次就泡坏了。我带着侥幸进行最后的努力，“天气预报没说有雨，也许不会下呢。”

没想到一旁的奶奶说话了，她跟我妈三天两头吵架，从来都不对付，这次竟然罕见地站在我妈那边，说：“今天肯定要下雨，昨天傍晚我这手腕就疼了。几十年了，手腕一疼准下雨，比天气预报还准。”

连最疼我的奶奶都不帮我，我只好悻悻地带着一肚子的失望和落寞去学校。在乌云翻滚之下，即将到来的颁奖大会对我来说，一丁点儿意思也没有。

这个机会错过了，后面只能再等过年了。小利安慰我，说等到过年时，新皮鞋配上新衣服，走亲戚串邻居的，也能熠熠生辉闪亮登场。我在心里默默模拟了一下，想想那一刻，我能盖过小利他们的风头，成功成为大家的焦点，也不错。

我只能这么安慰自己，不然这中间好几个月的时间，让我怎么过呢？好在还有比我更着急的，弟弟，我有机会而不能穿新鞋，他显得比我更失落，因为说好的，我不穿第一次，他别想尝鲜。

所以大年三十的那天早晨，弟弟醒来的第一件事不是跟我妈要他的新衣服，而是催着我赶紧起来穿新鞋，外面下了大雪了！

下雪了？那我穿上新皮鞋，“咯吱咯吱”这么一踩，每一脚下去就是一溜菱形小方框……我想着就乐，赶紧掀开被子套上新衣，这会儿弟弟已经跳下床帮我拿来了新皮鞋。

怪的是，第一只鞋我就感觉似乎穿不进去了。鞋带系得太紧？我松开鞋带，重新再试，我冤枉鞋带了，脚的确是塞不进去。我有点慌了，脱下脚上的厚棉袜子，再穿，这下勉强穿上了，可是脚在鞋里是弓着的，像个委屈的兔子，低头弯腰。

我焦急地叫来我妈，问她这是怎么回事，话里满是埋怨。这肯定怪她啊，好好的新皮鞋，不让穿不让穿不让穿，你看，热胀冷缩，鞋子变小了吧！

我妈试着把我的左脚也塞进了鞋子，让我站起来走走看。可哪里能走哇，光站着，双脚就钻心地痛，只有脚趾和脚后跟能沾地。我奶奶一直跟我说她裹小脚时的各种痛，最难忍的时候就是把脚弯曲起来像弓一样折叠——在我想来，那痛也不过如此吧？

我妈见我满脸痛苦的表情，反倒笑了，说："今年先长脚，明年该蹿个子了！这鞋你没法穿了，只能给弟弟穿。"

听我妈这么一说，我和弟弟都愣住了。我们俩的愣不一样，弟弟满脸都是不相信的意外惊喜，而我则是心疼、不甘、惊讶、惋惜……复杂难言。这下倒是一切都应验了，弟弟的确是在我穿过之后才能穿这双新鞋，不同的是，他不是只穿一次，而是要一直穿下去，直到鞋子穿烂或者他也穿不下为止。

我坐在床上，惆怅地看着外面满地的大雪，这个年真是……

我唯一的安慰，是"今年先长脚，明年该蹿个子了"。虽然失去一双新鞋，但长高一些总是好事。这，就算是我的新年礼物吧！

后来 / Later

从第二年开始，我的确一直在蹿个子，直到二十三岁那年还长了一厘米。不过我从此之后一直不喜欢穿皮鞋，到现在也是。那一年之后，我忽然对新东西从此没有了喜好，更不介怀，因为新鞋子也没什么好，磨脚——我弟弟为了适应那双新鞋，脚磨了三个水泡也不肯脱下来。另外，长高了有什么好处，我到现在也没发现。

小飞翔

你觉得，人能飞吗？

我觉得能，因为我飞过。十一岁那年夏天的那个暑假，我打定主意要在那个炎热的季节送给自己一份礼物——让自己一尝飞翔的滋味。

我想飞的念头由来已久了，看多了电视里大侠们的纷飞打斗，为什么我就不能飞？哪怕一次也行啊，哪怕一会儿也行啊。听说这个暑假之后就是小升初，那时人就必须变成一个学习的机器，所以我想，要把一个梦想变成现实，不能再迟了，药过期会失效，想法过期就无效了。所以就在这个假期，在我即将变成学习机器之前，在梦想过期无效前必须搞定它。

知道我想让自己飞起来，伙伴们呼啦都围上了我，显然，这不是我一个人的梦想。他们嘴上虽然不说，但我知道，如果有机会谁都想试一试，哪怕自己上不了天，能亲眼看看别人飞也是好的。

我不排斥大家围观，因为我需要帮手。

开始时，我找了一些土堆往下蹦，想试试跳下的瞬间有没有飞翔的感觉。结果和想象的一样，没有——因为从起跳到落地，眨眼间就结束了，还没来得及在空中摆POSE，甚至手脚都还没展开，就蹲在地上了。很自然的，我去找更高一些的地方，后来找到了一处矮墙，一人多高，从上面跳下到落地的时间延长了一点点，也稍稍有臂间生风的感觉，但是很微弱，感觉几乎没有明显的变化。于是继续寻找再高一些的，可是找了好久也没找到。后来参与进来的攀峰带着立功的表情说："去村头的大桥，那儿高。"

我眼前一亮，把手一挥，大家纷纷跑到大桥上，从桥面到地面有两人多高，桥下的地面长着野草，跳下去软绵绵的，很舒服。于是在桥上尝试了很多次，这次在空中的时间明显变长，跳下去的时候已经来得及做出大鹏展翅的动作，而且下落时风吹得裤腿和衣袖间鼓鼓的，有点儿随风飘逸的意思。这个高度大家都敢玩儿，所以在桥上跳了很久，不亦乐乎。

可这还不是我要的飞翔，我想象中的飞是雄鹰翱翔的样子，在空中是有滑翔的，而不是一个单调的直上直下的自由落体。你看看，大家都在桥头，排好队，一个一个像沙袋一般，“扑通扑通”一阵闷响，硬生生砸在地上，每个人在半空中都只来得及仓促地伸开双臂蜷起双腿，落地的姿态很是狼狈。

比桥更高的，只有树了，很一般的树都有四人高。

几年前因为摸树猴摔了五明，大人再也没让我们上过树（详见《一觉睡到小时候》一书中的《小树猴》），所以我已经好几年没上树了。说起来以前是我们不懂事儿，太胆大妄为，可现在我不是顽皮，是在做实验，一个有可能让人学会飞翔的实验，完全不一样好吧。

在现场的每个人都举手发誓自己不会跟家里大人说的情况下，我带头，在时隔几年后又爬上了树。毕竟几年不练，爬树的动作和速度都明显退步，好容易爬上树杈歇息时，我竟然喘了好一会儿。

第一次跳，我把脱下来的裤子的裤脚扎上了，这是从桥上跳下时得到的灵感。我记得在电视剧《射雕英雄传》里看到欧阳锋跳悬崖时就这么干的，他把裤子扎上了裤脚，借着灌进去的空气鼓起一个大包形成一个降落伞，最后成功落地。可是当我开始这么做的时候，他们都看着，满脸的不相信，我只好赌气表演一个眼见为实——我两手攥着裤腰，在空中挥舞了两下，看着灌进去的空气把裤腿鼓了起来，我才放心地闭上眼睛，深深吸了一大口气，轻轻纵身跳了下去……

我没觉得时间有多长，因为痛苦来得实在太快太强烈——屁股和后背同时落地，我只听到自己的身体发出“咕”的一声，大脑瞬间一片空白。我没有了呼吸，没有了意识，觉得自己好像一瞬间睡着了。醒来时，我只看到满天银色的星星在不停地移形换位，而且一闪一灭。接着，听到我的上空一堆乱七八糟的声音在喊我，之后我才逐渐看清天空不是满天星星，而是满天的脑袋。他们凑成一圈，围着我喊，有人还哭了，说是再叫不醒我，就回家叫大人了。

见我醒了，大家七手八脚要扶我起来。我“哎哟哎哟”叫了两声，让大家不要动我，让我原样躺在地上，又过了不知多久，觉得自己呼吸顺畅了，头脑里一个一个蹦出大家的名字并逐渐对上了脑袋，我才慢慢坐起身，打了一个嗝，大家扶着我才站了起来。

好多年之后，我才从一本书里知道那情形叫背过气去。当然，背过气去的感觉的确很难受，也很吓人，轻易不要感受。

但是你以为摔一跤我就会停止探索吗？当然不会，我什么时候怕过。

起身后，我慢慢来回踱着步子，边让身体恢复知觉，一边在脑子里拼命回忆刚才跳下来那一瞬间的感受。我觉得从树上跳下来的过程的确是比从桥上跳下的要长，至于长了多少，我记不清，也不太确定。

一切恢复后，我觉得刚才失败的原因主要是我一个人裤子的两条裤腿所能灌进的空气太少，不足以放缓下降的速度。于是我把几个人的衣服拴在一起，扩大空气容量。安全起见，这次跳的高度也从第二层树杈降为第一层。我也学乖了，这次争取让脚先着地，保证不会再摔到背。如此又试了两次，倒是再没摔晕自己，但是似乎也没有更好的效果。

大家七嘴八舌地劝我放弃，攀峰也笑着给我泼凉水，说我把衣服都快拴成降落伞了也没能飞一秒。我突然有点儿茅塞顿开，降落伞？是的，现在除了坐飞机，人能飞翔，不就是靠降落伞吗？当然，我想弄个真正的降落伞那是不太可能的，但是如果有个东西类似降落伞呢？比如，雨伞？

我为自己的触类旁通兴奋不已，并立刻把想法告诉了大家。之前他们已经心灰意冷，现在其实仍然将信将疑，只是觉得我这次说得似乎更有道理，听起来也没有明显的破绽，所以大家也慢慢跟着我兴奋起来，再次配合我的指挥，分别回家拿东西。我把他们兵分两路，一路回家拿雨伞，回来对比，谁家的伞最大就用谁家的。另一路回家拿床单，对欧阳锋能用一条裤子就安全落到悬崖底部的做法，我还是有点儿不甘，想着也许面积再大一些，效果会更好一点。

很快，大家带着东西都回来了。攀峰觉得床单是他拿来的，所以坚持这次由他来跳。我明白他的小心思，万一这次成功了，名声就是他的了。不过我因为跳了好多次，腿摔得生疼，便也由了他，答应让他试一次。

没想到攀峰第一次跳就失败了，床单太大，不好操控，所以刚刚鼓起来就挂在了树枝上。他落地姿势也没掌握好，把脚崴了，不一会儿脚踝就肿了起来。崴脚倒不算什么，我们都崴过，回家用凉水冰一冰，消肿了之后再揉一揉，一两天也就好了。攀峰不甘心，崴了脚也死活不愿意走，坐在一边要等着看我用伞会不会成功。

我知道这是最后一次机会了，如果用最大的那个伞也不行，我不知道下面怎么再将实验进行下去。所以为了万无一失，我决定用两把最大的伞，一手一把，为了增加浮力，好争取最后一次能一飞冲天。我甚至把退路都考虑好了，万一这次实验成功，我真的飞了起来，在飞过瘾之后我会丢一把伞，这样应该就能缓慢降落，解决了后顾之忧。

想象着我双手持伞在空中自由飘荡，底下是仰头欢呼四处跟着奔跑的伙伴们，那该是一幅多么壮观的画面。于是我决定，等我成功飞翔之后，我要让受伤的攀峰第一个尝试，他为了实验崴了脚，这种机会应该先给他享受，以示公平。

这次，我几乎清晰地看到几分钟后的未来，所以我用缓慢的速度爬上了树，以便增强这种仪式感。大家伙儿也在树下围成了一个圈，仰着头，等待我的最后一击。

爬上第二层树杈，我撑开那两把经过比较挑选出来的最大的伞，左右手各一把，高高举过头顶，没有忘记低头微笑着跟大家打个招呼，然后纵身一跃……

呼……啊……砰！

两把伞刚刚带着我平行漂浮了一瞬间，就先后翻了上去，变成两个漏斗。我像是从漏斗里流出来的水，瞬间流向大地……

回过神来时，我的两只鞋不知道哪去了，我赤着双脚瘫坐在地上不肯起来，这次摔得倒不重，是沮丧击倒了我。我不知道该怎么跟大家解释，因为我竭尽所能想出的这么靠谱的方法，这么接近降落伞的工具，这么完美的计划，为什么最终还是失败。

没想到反倒是大家安慰了我，尤其是坏了的那两把伞的主人，涓上和胜利，他们俩每人拎着一只我的鞋，兴奋地对我嚷："飞了！你真的飞了！""是，飞了有两米，因为伞翻过来你才掉下来的！"

我将信将疑地看了看自己落地的位置，果然比之前离树远了两三米。

不管结果是牵强还是巧合，我相信自己真的飞过，哪怕天空中没留下一丝痕迹。

后来 / Later

除了在悬崖间滑翔的达人，普通人想体验飞行的惬意，大概只有坐飞机了。可是天知道，我现在竟然特别讨厌坐飞机，因为逼仄的空间和每次都会肿胀的双腿，让飞行对我而言是一种酷刑。我想也许这就是理想和现实的区别吧，理想是一簇火苗，现实是一盆冷水……

小外号

在小升初考试前的那个学期，我不知道自己到底是哪根筋没搭对，同学们都在闷头复习，准备面对人生中第一次的大考，我却整天盯着教室的某个角落，咬着笔杆发呆。

我成绩不高不低不上不下，算不上优异但也过得去，过关没啥问题，但是想直接进初一重点班比较危险。可是这些担忧在我心里一丝痕迹都没留下，因为我压根儿就没去想这些，我唯一感兴趣的竟然是研究同学们的外号。

这实在是件有意思的事儿，而且对我来说，这是个没有风险的游戏，因为我没有外号。虽然我妈在我挑食不吃青菜、葱、姜、蒜、香菜等等东西时，因为生气随口给我起过临时外号“白菜根脸”“长得跟萝卜似的”“整个儿一棵豆芽菜”，不过这些都是随口一说，我妈没有长期固定用哪个，所以也就没有流传开来。

我被叫得最多的是小名，“小三儿”——我排行老三，不仅我家人这样叫，亲戚邻居也都叫。这实在是个普通得不值一提的小名，大家不都这样吗？像我们家西门的邻居，老大叫大熊，老二叫二熊，唯一有点奇怪的是俩人都是女孩。

这当然不算什么了，完全正常，东门隔壁邻居牛耳有两个表哥，大表哥叫牙缸，二表哥叫牙刷，所以每次来走亲戚，我们都以叫嚷俩人的小名为一大乐事。

在这哥俩面前，大熊二熊的奇怪度就完全被秒杀了吧？

我们班一个男同学小名叫阿猪，他弟弟低一年级，叫阿傻，只要谁敢在学校喊他们小名，俩人就算隔着两个教室也能汇合在一起去报复人家。后来我告诉阿猪不用太介意，跟我们同年级的五（三）班，有个女同学叫六六，她弟弟叫大顺，人家姐弟俩被同学放学时排队一起喊，都没急眼。

不过在我搜集、调查了一圈之后，我觉得自己对阿猪的劝解有些孤陋寡闻了，我们小小的巩沟中心小学，埋藏着太多让人既捧腹又搞不明白的外号，我一时无聊，用作业本的空白页罗列出以下几大类型：

1. 普通型：毛蛋、狗蛋、猪蛋、牛蛋、孬蛋、粪蛋……说它们是普通型，因为它们的的确确太普遍了，别说每个班了，每个班的每个小组都有一半人的小名里有“蛋”字。这都要托福于家里老人，他们无一例外，都坚持给自家孩子取个普通的贱名字，据说这样才能身体健康不招邪。

2. 长相特点型：黄毛、大牙、土匪、烧饼、小毛猪、小蘑菇、大头、花生米、虾皮……这里“长相特点”四个字简明扼要吧？需要解释的只有烧饼和虾皮，烧饼有这个小名是因为脸上雀斑又多又大，像极了撒满黑芝麻的烧饼，虾皮则是因为他的眼睛实在太小，像虾皮一条缝。

3. 特征型：八点、九斤、毛驴子、汪汪、三百、一二、鸡蛋黄、史壳郎……这里的八点和九斤比较直白，一个是八点生的，一个生下来足足九斤，因此得名。毛驴子据说是因为他从小就特倔，只爱睡在他妈的胳肢窝里，他爸怎么抱开他都不行，哪怕一巴掌下去五个红指印，他还是会哭着爬回妈妈的胳肢窝。汪汪就简单了，因为他和他妈都是属狗的。叫三百的同学是因为他是超生，被罚款三百块，我们都替他庆幸还好不是罚两百五十块。至于一二，你没看错，就是一二，这个外号的诞生是因为该同学上学后一直吐槽自己名字笔画太多，难写，他爸说一二最好写，你以后叫一二吧。这个外号不胫而走，一个下午就全校皆知。鸡蛋黄的“黄”字是我们给他加的，因为他姓黄。同理，史壳郎是因为姓史，不过这个外号可不是我们乱叫的，是他亲爸起的。

4. 看到什么就叫什么型：王饮料、脸盆、九条、白板、茅厕、痰盂、尿壶……这个类型也好解释，就是谁生下来时父母或者爷爷奶奶看到了什么，就顺嘴给起了小名，然后在学校大都是一炮而红，经常逼得他们的真名被忽略，连老师都会一时情急叫外号。需要特别解释的是九条和白板，九条落地之前折腾了很久，他爸平时好赌，等急了手痒，叫了牌友边打麻将边等。结果他刚自摸九条和了时，儿子呱呱坠地。据说后来他手气一直很旺，而且经常和九条。同桌的牌友后来照葫芦画瓢，给女儿起小名白板，听说效果也不错。

5. 百思不得其解型：玻璃、妖怪、狗屎蛋、拌饭、臭屁虫、粑粑、癞蛤蟆……这些就是我咬破笔杆想破脑袋也没弄明白为什么会有的外号，反正它们在学校里广泛流传着，让人搞不清楚由来。因为有人叫有人应，听起来倒也和谐。

搜集完同学们的，我兴致未减分毫，接着搜集了老师们的外号。老师的数量跟学生比很少了，但外号却也很多。比较常见的像因为表情木讷、僵硬，不喜言笑百年不变老板着脸的女语文老师被叫“老板娘”，也有人叫她“何僵尸”；每次上课都要强调大家注意标点符号也是学问的“标点符号”杨老师；因为皮肤比较黑，嘴巴又像鸭子那样扁平，同学们就背后起了“乌鸭嘴”外号的李老师；还有个男老师，无论上课还是跟人说话老是翘着兰花指，这给人印象太深刻了，所以有外号“一枝花儿”；三年级二班的班主任个子特别矮却特别凶，同学们叫他“恨天高”；我们五年级的教导主任戴着副黑框眼镜，专在教室后门窥视大家，所以叫他“探照灯”；“唐老鸭”，其实是“堂老压”的谐音，因为那个老师全校闻名，每次上课必拖堂，最少也要占用完下课的十分钟时间……

初中老师的外号也听说过，几乎每个年级都有个“灭绝师太”，这倒不稀罕，有学问的是这两个：“西门吹雪”——因为该老师是地中海式发型，上课还喜欢一直用手搂头发，试图地方支援中央；初二有个班的班主任是教政治的，无论上课还是班会，嘴上永远挂着“历史的车轮滚滚向前”，于是“历史的车轮滚滚向前”据说是方圆十里最长的外号……

我花了两节自习课辛辛苦苦整理的“外号大全”竟然很快在全校悄悄流传开来，还有人弄出了手抄本传到了中学，而且不断有人在往上面添加新内容。之后没多久，我没有外号的历史就结束了。而且我因为“外号大全”更是惨遭蹂躏，得到过不下十个外号。

有的同学直接人身攻击，因为我矮胖矮胖的就叫我“地瓜”，并补在那份“外号大全”手抄本里以供流传。只不过地瓜也没什么爆笑的点，很快就消失了。

该同学不死心，别人都忙着做题我却忙着搜集外号，于是他接着给我起了新外号“潇傻小仙儿”，意思是我两眼不看书本一心都在歪事儿上，有点不怕死的仙气儿。可事实是，我怎么看都丝毫没有仙风道骨的潇洒劲儿，所以尽管我其实还挺喜欢这个新外号的，可是因为没有流传度，“潇傻小仙儿”也很快就销声匿迹。

后来，小升初考试前的两天，学校都停课放假了，让我们专心回家吃好的喝好的，以便用最好的状态迎接考试，没想到我突然全身奇痒，一夜间我就把自己挠得溃烂一片。特别是头发丛里，血迹、黏水，我自己摸了都觉得恶心。我妈慌了，以为是什么绝症，而且又是大考当前，赶紧收拾东西，准备带我去县城大医院。没想到正好路过的王青皮只看了我一眼，就坚定地说我这是严重的皮肤过敏，我接触过的花粉、灰尘、猫狗的毛都可能是过敏源，这个不用去大医院，他就能治好。

我妈将信将疑地把我交给了王青皮，他少见地戴上口罩，给我清理完疮口，抹上药，我在从医院回家的路上成为回头率最高的人——药是亮黄色的药面，呈不规则遍布在我的胳膊、腿上，全身那一块一块的亮黄色，像戏台上小丑的戏服。更扎眼的是我的脑袋，所有挠破的地方都剪掉了头发才能抹药，不知道王青皮是讨厌我还是我的伤口真的太多，整个脑袋抹得花里胡哨。

直到第三天，我都不想去考试，因为我知道去了之后会发生什么。可是小升初啊，躲是肯定躲不掉的，唯一的办法是硬着头皮上。

那天的考试，从监考老师到同学们，几乎每个人的注意力都没在监考和试卷上。从我出现在考场上开始就有人在笑，后来是所有人都在笑。他们简直不像是在考试，而是在一个圆形的闪着亮黄色光芒的灯球下面，接受快乐的炙烤。

考完试后，我一口气收到同学们编排的七八个外号，他们报复似的，每个版本几乎都集中在我抹了药的伤口上，“金钱豹”“黄色霓虹灯”“花斑长虫”“老虎皮”，等等等等。其实我个人觉得最形象的是“镭射灯”，就是镇上的舞厅里正在疯狂流行的不停旋转的彩灯。

不过，有外号也没什么大坏处。因为就在我得到一堆外号的那天，跟我一个考场的同学大部分都发挥失常，顾此失彼，反倒是我出人意料地走了狗屎运，直接进了初一重点班。

这个结果，让班主任“白喜鹊”和数学老师“二眼虎”都惊得下巴快脱臼了。

后来 / Later

好多好多好多年后，都跨世纪了，都沧海桑田了，在一个聚会上大家聊起自己曾经的奇葩乳名和外号。我说我其实没有过固定的外号，连正式的乳名都没有，可没人相信。的确就是这样啊，从小到现在父母都叫我小三儿。我说完这句席间顿时一顿爆笑，笑得我莫名其妙，百思不得其解。

小作文

说实话，吴老师在课堂上拿我那篇作文当范文读的时候，我真是挺吃惊的。

吴老师是我们班的语文老师，看过《一觉睡到小时候》的人知道，他叫吴文化（其实是个挺有文化的老师）。他原来是我们的实习老师，后来申请分配到我们学校（他竟然真的来了），教整个四年级的语文，还是我们三班的班主任。

据说我那篇作文他在四年级三个班都读了，这事儿我真的没吹牛，虽然我在三年级时因为写不出作文《公园一角》还急得掉过眼泪，但这次我那篇《一件难忘的事》真的是被当成范文朗读的。吴老师说："它好就好在真实，有感情，特别是大部分同学都编造了一件并不难忘的事来糊弄我的前提下，这篇作文就格外出彩了。”

这是吴老师的原话，不信你可以去问他，现在他应该还没退休呢。

我那篇作文写的的确是一件真事，是关于一只乌鸦的——去年秋天麦子种下之后，我妈每天傍晚都要下地，去看看麦子发芽没有，发得齐不齐，这样万一有情况还来得及补救。那天傍晚我跟着下地去玩儿，结果到了地头，发现一群鸟正在地里开 Party，趁着暮色，欢天喜地地啄着土下面的小麦种子。我妈那个气呀，顺手捡起一块石头扔了过去，鸟群一哄而散，四下飞逃。没想到有一只跌跌撞撞，怎么也飞不起来——那块石头竟然砸中了它。我妈也有点儿发愣，她本来只是想吓唬一下那些鸟，毕竟来年地里的虫子还得靠它们来捉不是？再说了，它们捉虫可是免费的。可谁能想到随手扔的石头，竟然就砸中了一只，看看这寸劲儿。

那是一只黑色的幼鸟，左腿被砸折了。我把那只伤鸟带回了家，在灯光下才发现那是一只乌鸦，我妈觉得特别晦气，让我赶紧把它扔了。可是我从第一眼就喜欢上了它满眼无辜的哀伤，所以坚持要留下给它养伤。我奶奶也坚决不同意，因为要在家里养一只乌鸦，太不吉利了。最后没办法，我悄悄在院子后面的泡桐树下为它搭了个小窝，把它拴在地上凸起的树根上，还模仿电视里治骨折的样子，给它的伤腿绑了两根树枝。此后，我每天都拿我最喜欢吃的菜去喂它，可是它死活不肯吃。我正挠头犯难呢，被我二姐看到了，她笑着说："谁都知道乌鸦喜欢去地里吃粮食，你喂它有油有盐的菜，它能吃吗？"

我这才找到原因，从家里偷偷带小麦去喂它。喂了一个冬天，它长得又肥又壮，脖子和翅膀上的羽毛闪着翠绿的光，让人完全忽略了它本来的黑色。我最喜欢它摇头晃脑或者抖动翅膀的时候，简直浑身都在闪耀着光芒。春天来临，它头顶的那棵泡桐树开花了，它的腿伤也好了，开始它只能爪子点地慢慢走两步，很快就可以蹦蹦跳跳了。有一天我再去喂它，窝里只剩一截断绳，它竟然不见了。我院里院外翻找了个遍，突然听到"呱"的两声，一抬头，它正站在泡桐树枝上，歪着头怔怔地看着我。我双手高捧着小麦，用尽各种诱惑，没用，它还是飞走了……

吴老师布置作文《一件难忘的事》的时候，我脑子里冒出的第一件事儿就是这个，马上决定写它。我一直想着它会不会再回来，我还有遗憾呢——我想知道，电视里放的乌鸦会叼着核桃找路过的汽车帮忙压碎，这事儿是不是真的。另外我每天喂它，可因为怕我妈发现，一直鬼鬼祟祟的，都没能跟它说话，甚至连个名字都没给它起。一想到这些，我就写得特认真，可能无意间就有了吴老师要求的真情实感。

在三个班都读过一遍之后，吴老师意犹未尽，把我叫到办公室，跟我说："这是个难得的好素材，不仅真实，感情也饱满。县里正在举办小学生作文竞赛，我们学校每年都参加，但从来没拿过奖，你这篇作文是有希望的。”

我“啊”了一声，浑身每个细胞都在表示惊讶。吴老师笑了，用他沾着粉笔灰的右手拍了拍我的后脑勺，接着说：“不是说现在这样交上去就能得奖，得修改修改。首先要改一下结尾，不能是乌鸦自己啄断绳子跑掉的，这样没有什么意义，也没有升华。要改成是你发现春天来了，老乌鸦总来看望它，于是你为了让它们全家团聚，主动把它放了。最后它站在泡桐树枝上久久不肯离去，你赶它走，它才跟着父母恋恋不舍地飞走了。就这么改，你改完了重新抄写一遍，拿来我再看看。”

我似懂非懂地点了点头，茫然地回到课桌前，想了半天，一脑袋迷茫地改了结尾，放学时放到了吴老师的办公桌上。

第二天一大早，吴老师又把我叫到了办公室，指着我昨天交的新作文，皱着眉头说：“结尾改得不错，不过我想了想，前面也要改，咱们这儿都认为乌鸦是个不太吉祥的鸟，所以你救一只乌鸦，这事总觉得有点儿怪。这样，你把它改成喜鹊吧，喜鹊听起来比较喜庆，而且也好看一些。”

“可是电视里说乌鸦是特别聪明的鸟，所以它才能啄断绳子飞走。喜鹊，很笨的吧，连老窝都能被人占了，鸠占鹊巢说的就是它吧？”

吴老师有点儿不耐烦，“看电视学知识是好的，但是知识学来了还没消化就到处卖弄，是会惹笑话的，喜鹊在鸟类里面算建筑大师，怎么能说它笨呢？先按我说的改，好吧！”

于是，我不情不愿地又回到教室。其实，乌鸦和喜鹊对我来说没有区别，吉祥不吉祥的我也不太懂。可吴老师让改的，应该不会错。如果这篇作文真的能拿到奖，用同桌小利的话说，这事是可以进校史的，很牛！为了能牛一把，改就改吧。于是我把作文重新抄写一遍，只是作文中所有的乌鸦都改成喜鹊。

我想着，这下该大功告成了吧！

谁知下午快放学的时候，吴老师又把我叫去了，这次不是办公室，是去他的宿舍。他拿着我那篇作文和两张稿纸，让我坐在他那张办公桌前，说：“我把作文拿给校长看了，校长也觉得这次得奖有希望，所以特地让我叫你过来，有些细节还要再改改。你看——乌鸦，哦不，喜鹊，不能是你妈妈拿石头砸伤的，这样写，显得大人多不爱护小动物，对吧？咱们改一下，改成是它练习飞翔，不小心摔伤的。还有一点，放飞喜鹊如果按之前写的是你自己主动的，显得不太合理，你这么小的年纪觉悟没这么高，改成老师知道情况后给你做工作，你想不通，然后校长出面说服了你，你才想通了把喜鹊放飞的，好吧？你现在就改，改完往新稿纸上抄一遍，校长明天一大早要去县里开会，正好把稿子交上去。我去食堂给你打晚饭，吃了饭再回去。我已经让小利去你家跟你妈妈说了，今天你不用担心回家太晚，我送你回去。”

吴老师说完，给我拧亮台灯，拿着饭盒就去了食堂。我坐在椅子上百般纠结，这结尾改了，开头改了，细节也改了，连鸟的种类都改了，还是我那篇作文吗？可是我一点儿办法也没有，吴老师连晚饭都给我想到了，我能说不吗？

那天的晚饭，吴老师一直给我夹菜，夸我修改得好，还说我各方面都有进步，下个学期的班委肯定是要进了。我机械地吃着饭菜，食不知味，以前特好奇食堂专门给老师准备的饭菜到底是什么滋味，可那天我没留下一点儿印象，不知道为什么。

一个月后，学校大门边上的通知栏里用一整张红纸盖住了黑板，是一张大喜报，上面写着“庆祝我校第一次在‘全县小学生作文竞赛’中获得二等奖”。全班的同学都拉我去看，因为喜报上虽然没写我名字，可实际上我才是主角啊。

我死活都不肯去，小利说我乐得脸都红了。我高兴吗？当然不。害羞吗？也不是。谦虚吗？更不是。

可是第二天的全校表彰大会，我就躲不过去了。那个表彰大会本来是颁奖给上一个学期各班和各年级的三好学生、前三名的，没想到最后的压轴是隆重颁发我的竞赛二等奖，我现挖地缝想躲都来不及。在全校师生面前，我捧着大红绒面的获奖证书、卷成卷轴似的奖状和奖品（一本《全国优秀作文选》），却低着头，像犯了错误。校长亲自给我颁奖之后，还宣布本学期每周一的全校升旗仪式都由我来领队。

不知怎么的，我突然放声大哭。

吴老师带领大家在台下拼命鼓掌，大家都很感动，觉得我真情流露，是激动的。可是谁也不会相信，我真不激动，而是莫名其妙的羞愧难当。我觉得那篇作文跟我一点儿关系也没有，可是每个字又的确都是我写的。这种感觉，反正我怎么说也说不清楚……

后来／Later

也不知道有多少人问过我，如今写作是一件多么落后老土的事情，你怎么还写了这么多年，减肥都坚持不了，竟然把写字坚持下来了。如果非找个理由不可，可能就是想擦去这个污点，用更多由心的字密密麻麻地盖住那些一直嘲笑我的字。只是，不知道哪天才能做到。

小游戏

不知道从哪一刻开始，我突然觉得时间好像被什么抻长了，一天变得无限缓慢，漫长得都不知道该怎么打发。

课本厚得似乎永远也翻不完，老师讲课的嘴巴像是慢动作，太阳被钉在天空当插图一般，总也不西沉。一天像过了一年，从起床到上床之间，填满了虚空、无绪和没着没落，有时连呼吸都嫌弃空气变得黏稠了。有时莫名就有一种冲动，想伸开双臂喊一嗓子，可真的要喊，又不好意思，即使在空旷地，还是会左看右看前后打量一番，想了又想，还是算了，因为突然发觉这事儿很是有些无聊，光想想就很搞笑。

每天早晨，陆续汇合了王右、王左这“双胞胎”兄弟俩和小利，才算正式走上去学校的路。在小学的最后一年，我们排列组合成最铁的四人组，我们甚至约好，读初中了也一定要争取还是同一个班。

可是，我们都觉得小学的最后一年，日子不该是这样的，但应该是什么样呢？谁也说不出个所以然。反正，总得玩点儿什么吧，等读了初中，就得有点大人样儿了！

就在那个秋天开始的时候，我们找到了新鲜又好玩的东西——学校边上那家摆着台球桌的小店新进了两台游戏机，不过是二手的，一看就很旧，摇杆都磨得发亮。两台游戏机一个单人玩儿，装着《三国志》，一个对打，装着《街头霸王》。我们早就听说过有这么个玩意儿，可是没碰过。而游戏机前每天排着长队，嗯，大家都想尝鲜，所以一块钱只能买两个币，老板还总是黑着脸催促，不让玩儿太久。

小利却一副见怪不怪的样子，说他去县城姑姑家时就玩儿过这个，只是现在才流传到我们这儿。小利跟我们挤眉弄眼，说想玩儿就中午早点吃饭，去镇上，那里一块钱四个币。

因为心痒难耐，也为了节省时间，中午我们四个没吃饭，骑了两辆自行车一路换着疯狂踩到了镇上。果然不一样，镇上已经有了一大一小两家游戏厅了，大的那家有十几台机子，红红绿绿地闪着诱人的光。虽然是吃饭的时间，可大部分机子都有人在玩儿，每个人表情各异，但眼里都是兴奋，脸上都是满足。镇上的游戏品种明显多，除了《三国志》和《街头霸王》，还有《名将》

《打飞机》《超级玛丽》《恐龙快打》《魂斗罗》等等等等。

我们四人凑了一块钱买了四个币，每人分了一个，我们仨捏着游戏币手足无措，只好先观摩小利的动作。小利撸胳膊挽袖子的，看起来架势摆得很足，其实也不熟练。他选了《恐龙快打》，可没几下就倒地不起，GAME OVER 的字样从屏幕里扑面打来，小利的脸红彤彤的，不知道是羞愧还是着急。王右王左俩人很快选了《街头霸王》对打，在一个看起来明显比我们小几岁的小孩的指点下，俩人像模像样地打了几回合，中间王右还邀请那个“小老师”亲自示范了一下，直到他自己也可以摇晃几下摇杆，让屏幕上的小人胡乱打了一通，发出了“啊哟给”的叫声。一瞬间，王左就“死”了，但他并不沮丧，而是兴奋地跟着王右一起蹦着欢呼庆祝！

我捏着币在游戏厅转了一圈，眼睛都看花了，也不知道该投进哪台机器，因为我每个都想试一下。最后我试了《麻将》，因为我总看到邻居文美大爷召集几个人在门口的树下搓麻，他们不怕风雨不怕晒，人声鼎沸笑声不绝热闹异常，我一直没明白为什么麻将能让人这么高兴，所以决定尝试这个。刚才还指点王右的“小老师”又跟过来指点我，一副百事通的嘚瑟表情。他告诉我《麻将》不太好学，但是玩好了是可以赢回游戏币的，有的高手买一块钱的币，玩半天之后能赢回一小堆，到老板那换成钱，就等于赚了。我听了相当有自豪感，仿佛我已经赢了一堆游戏币回来，任由小利他们疯狂地玩儿。

想着中午只有一个半小时，路上还得耗去一半时间，所以意犹未尽地从游戏厅出来，四个人都没说话，但都表情复杂。进教室之前，我们互相看了一眼，一句话没说就确定了放学后再去一趟。那天下午我没觉得饿，当然也不知道老师讲了什么，我觉得我只有一身衣服还坐在教室里的座位上，魂在上空飘着，迫不及待地飞出窗外，想赶着太阳尽快下沉，好去帮老师敲放学铃。

从此后，我们四个人的零花钱几乎都换成了币，更多的币。我们还学会了讨价还价，趁着人少，就把钱合在一起，然后去跟老板磨，这样一块钱能买五个币。我们很长时间都不知道午饭是什么滋味，也越来越晚回到家，编谎话的熟练程度和打游戏的技术同步进步。

说谎可能会挨上一顿揍，疼痛和羞辱感自然会有，但是游戏的成就感完全可以掩盖。小利试遍游戏之后最爱《名将》，后来他用一个币都嫌浪费，因为一条命他就能过通关。王右王左从一开始就迷上了对打的《街头霸王》，“啊哟给”的叫声连绵不绝。对打每回合都会有人输，所以更费币，好在俩人零花钱多一点。而我，各个游戏都能上手，玩得也有模有样，但我玩得最多的还是《麻将》。我承认我从小就抠门成习，一直专心玩这个游戏也是想自给自足。很快，我就可以偶尔赢回几枚游戏币，够玩一两天的，有时还贴补王右王左俩兄弟。

三九寒天的时候，打游戏的难度更大，因为回家时路上已经结冰，我们也饿得自行车都踩不动。除了炫耀彼此当天的战绩能带来一点兴致，大部分时间都是边听肚子里的咕噜声，边想办法偷懒，好让别人骑车载自己。最后总是王右王左先妥协，因为他们俩已经被父母从游戏厅拽出来揍了好几次了，回家太晚相当于主动招供。

坐在后座上，在薄暮中看着路两边的树影后退，耳边寒风凛冽，肚子里轰隆隆响，我总是会冒出一种小小的幸福，觉得游戏厅真是这个世界上最温暖的房子，而游戏币则是世界上最珍贵的东西。

我那时完全没有想到，之后很快到来的一天，我们的游戏生涯会戛然而止。那天是寒假的第一天，我们四个人都觉得口袋充足，时间充裕，理由也光明正大，最适合来一场末日前的狂欢——因为我们几个一直都没敢交期终考试成绩单。我们想着，躲是躲不到过年的，一顿揍迫在眉睫。所以，那就应该先得到一场酣畅淋漓的胜利，来抵消后面整整一个假期的或讥诮或挨骂或挨打的难堪。

那天早晨出师不利的是小利，他的成绩单被他妈收拾换洗衣服的时候翻出来了，于是直接从被窝里拽出光溜溜的小利，在腊月二十六的早晨饱揍了一顿，直接导致小利当天没敢出门。原因是小利一直以来都是班里的前三名，这次竟然有一门课没及格。

我想如果小利妈看到王右王左的成绩单，也许下手不会那么狠——他们俩根据年龄大小，互换位置倒数第一和第二，老师在评语里写：你们俩简直是我们班的“哼哈二将”，让俩人开学第一天必须带着父母来。所以那天上午王右王左正在买年货的父母偶遇我们班主任得到这个消息，俩人一路从人堆里逆行挤到游戏厅，每人负责一个，把二人摁在《街头霸王》的背景音乐里狠狠抽了一顿，棉鞋底都打断了。

正躲在游戏厅角落里的我没有露面，不是我不仗义，而是那天我的状态实在太好了。我从来没那么顺过，我只用了一个币，还没到中午饭时间就赢回了一堆，小山一样。我身边因此围了一堆少年，有的眼红有的羡慕。后来老板都被惊动了，过来心情复杂地说，游戏币兑钱现在八个一块了。

我心安理得是因为我平日里成绩就很一般，这次还是如此，既没有倒数，也没有不及格的情况出现，用老师的评语“中等偏下”。我只是没有想到，那天围观我的人里，还有我妈。她就坐在我屁股下的那条长板凳的另一头，怀里抱着一床被子，熟悉的颜色表明它是我床上的那条。直到围观的人渐渐走光了，我也饿得头晕眼花，起身叫老板来拿游戏币去兑换，才发现她。我妈眼里有一种奇异的光，看我怔在那里，她才起身把被子往我面前一放，转达我爸的指示：“你爸让你从今天开始别回家了，就在游戏厅住吧。原来还担心你冻着饿着，这被子给你拿来了，你也能挣钱了，就在这儿好好过年吧！下个学期你也别去上学了，我看你玩这个能当饭吃，有前途。”

说完，我妈头也不回出了游戏厅，牵上我家那辆被我骑来的自行车，走了。

我瞬间觉得天都黑了，有种天塌地陷的恐惧。脑子里忽然乌云密布一般冒出无数想法，但是刚翻滚了几下，我就抱起被子冲出游戏厅，撒开脚丫子追赶我妈。我怎么可以不上学？我怎么能一个人在游戏厅这种地方过年？再说了，游戏机能给我包饺子吗？

后来 / Later

嗯，最后我当然追上了我妈，我又不傻，怎么会不明白是非利害。所以我一边把鼻涕眼泪抹在我怀里的被子上，一边跟自行车上的我妈保证再也不打游戏了。后来我妈默许我回家了，只是我心里仍然不免有点儿可惜，可惜了我人品爆发赢来的那堆游戏币，最终它们只便宜了游戏厅的抠门老板。

少年·文艺

Chapter 3

篇三

如今噙着热泪写出的每一个字，
甚至每一笔画
都是我们亲手送给年华的无效信……

小文艺

九岁那年，我忽然露出一些奇怪的苗头。

可能因为在伙伴和同学间一呼百应惯了，我慢慢变得有些盛气凌人。这就像一片庄稼地，无论是小麦、玉米还是油菜、黄豆，整齐最好，可我不乐意，不是想蹿得高就是想往斜里长，老想着自己应该跟别人不一样，追求与众不同，偏好独一无二。

对于我的变化，我二姐是最讨厌的，因为我跟她本来就不和，互相鄙视惯了，如今因为我的矫情，我们俩更是时时处处针锋相对，有时连谁先盛饭都能争吵辩论一番。怎么样呢？以前我总也吵不过她，那是因为肚子里没货，如今士别三日，我们俩已经不相上下了，谁怕谁啊。说到怕，我爸老不在家，即使他在家，一天揍我三顿又怎么样，他已经很少有新鲜花样了。另外，我越来越不在乎考试拿第几，这个游戏在我看来是最没意思的，世界上有那么多有趣的事情，我干吗一直在这一棵树上吊着？

所以用我妈的话说我，就是无论长相、个头、成绩、礼貌程度，我都有些长歪了，想浑身冒刺儿。但我不以为耻，反以为荣。总而言之吧，我就是带着一股强烈的想与众不同的劲头，还觉得自己很酷。

我早已不再是为了“世界的尽头是否就是我们村四周的树”而跟别人吵得面红耳赤的幼稚阶段了，这个问题我早在六岁就自我推翻了。现在我舌战群儒，跟伙伴们争执半天的话题，已经换成“天有没有可能真的黑到伸手不见五指”。

我因为看了两本武侠小说，在伙伴中开始扮演讲故事传道授业的角色，而“天黑得伸手不见五指”在两本书里都是隔一阵就出现一次，所以我讲故事时自然就频频引用。听多了，隔壁的攀峰就表示他不相信，“天黑大家都见过的，可哪里有黑得连五根手指都看不出来的？”

攀峰比我晚出生几个月，向来对我是不太服气的，从小就是这样，这点从他的名字就看得出来，明显在跟我较劲儿。听说他也在偷偷看书，以便有机会向我挑战。可我哪容得了有人质疑，于是我加重语气，坚决表示半夜肯定有这么黑。可是攀峰随后一句话就把我噎得翻白眼，“你见过这么黑的天吗？没见过你凭什么说有！”

“我、当、然、见、过！电影里演过无数次了好不好？”

“哈哈，电影？电影里再黑，你也看得到演员的脸吧？更何况五指！再说了，谁不知道电影是假的，骗人的！”

“你不懂还乱说……”

随后，大家伙儿分成两个阵营吵成了一团。虽然支持我的人明显多，可争论是没有结果的，争到最后拼的只是嗓门而已，解决不了问题，得有证据才能降住对方。

于是一回家我就问我奶奶，她都七十岁了，肯定见过半夜有多黑。我奶奶说：“半夜？那黑咕隆咚的，啥也没有，谁知道能不能看到手指。”我不死心，又去问我妈，我妈经常忙到半夜三更才睡觉，肯定见过夜里能不能见五指。我妈正洗碗，一脸的不耐烦，把锅碗瓢盆洗得“咣当咣当”响，我说了两遍，她才把眼一瞪，训斥道：“赶紧洗脸洗脚上床睡觉，明天早起，要是不困，去把院里的玉米剥了！”

意识到可能撞我妈暴脾气的枪口上了，我吐了吐舌头，赶紧屏住呼吸一路小跑躲回屋里。看来快刀斩乱麻的唯一办法，只能是小马过河了。不亲眼一见，我怎么能让他们知道这句话是真的？只要我一探究竟，看谁敢不服！退一万步来说，即使事实证明我是错的，那答案也比白天有意思——黑夜，多么特别，多么与众不同啊！

主意一定，我就下决心要晚睡，黑夜是什么模样，当然要夜里看。

可连续几天，每天一觉醒来，第一眼看到的都是窗外早晨的太阳，第一声听到的是屋檐下的麻雀叫，于是第一个哈欠变成了长长的叹息：昨晚我又早早睡着了。

眼看靠自己是不靠谱了，我上了闹钟，半夜三点，然后把闹钟悄悄藏在自己的被窝里。可第二天一大早我就被我妈拧着耳朵拎出被窝，因为夜里闹钟一直响一直响，把全家都吵醒了，找了半天最后才在我被窝里找到，而我却抱着闹钟纹丝不动，酣然大睡。

无奈，我只好求助二姐，央求她对我进行人工叫醒。虽然我们俩一直不对付，但我只要上来先夸她成绩好人长得漂亮，她还是愿意偶尔帮我一下的。二姐的好胜心一直变态地强大，为了保持第一的霸主地位，她每天做完作业都会加做很多习题，经常半夜才睡。我想着她上床睡觉前叫醒我，我起码不用从天黑就开始等。

“半夜三更叫醒你干吗？”二姐疑惑道。

“看看黑夜有多黑。”我一脸向往地说。

二姐翻了一个白眼，外加满脸的不屑，“黑夜有多黑？你吃饱了撑的？我才不跟你一样犯神经病！”

二姐向来说话算数，特别是对我，斩钉截铁没有商量。最后我只好壮着胆子，挑一个我妈心情不错的时候再次求助，这次我妈竟然答应了。可我妈嘴上是应了，接下来好几天却从来没做到过，也难怪，每次她忙完往床上一歪，一秒钟就能打出呼噜，哪里记得我这莫名其妙的小事儿。

转了一大圈，没有结果，我奶奶老说万事不求人，看来万事真的只能靠自己。我冥思苦想了两节课，终于从我姐那句“吃饱了撑的”里灵光一现——喝水。嗯，临睡前拼命喝水，这样夜里肯定要起来上厕所，然后顺便就在院子里欣赏黑夜，一举两得。

原来万事不求人就这么简单！

那天晚上，我连喝了三大杯白开水，怕不够，又加了一大杯糖水。然后我一动弹都能听到水在肚子里来回“咣当”，所以走路都是小步慢走，打着水嗝很早就爬上床睡觉了。睡着之后，我还做了一个很长很长的梦，梦里跟大家伙儿玩嗨了也玩疯了，平日里的游戏一一过手，不分胜负不肯罢休，向来不服的攀峰这次被我灭了八回。最后，照例是经典游戏，比撒尿——谁尿得最高尿得最远，谁最牛。当然，又是我赢了。

满足又得意地睁开眼时，窗外竟然又是熟悉的太阳，麻雀依旧在叽叽喳喳，只是耳边多了我妈的笑骂声——嗯，我的内裤是湿的，秋裤是湿的，被子也是湿的。

从我妈把我的被子晾到绳上被上学的攀峰看到开始，一个小时没到，全校甚至全村就都知道我九岁还尿床的事儿了。

那天我忸怩了半天，赖在我妈的床上死活不肯出门去上学。

平日里我可是能多早就多早的，因为攀峰连这事儿都会跟我争个先后。可那天我完全能想象出自己出门会遭遇什么样的场景——出来混迟早要还的，那些以前被我率众围观嘲笑过的同学和伙伴，不用攀峰煽风点火，他们都会加倍还给我的。眼看我妈一会儿劝一会儿训都不管用，我爸正吃着早饭呢，听着不耐烦了，放下装满稀饭的碗和手里的馒头，进屋一把将我从被窝里拎出来，只一巴掌，就在我光溜溜的屁股上留下四道红彤彤的手指印。然后我就哭哭啼啼地出门上学去了，因为铁定会迟到，我又羞又恼又怒地哭了一路。

从此以后，我每天上学、放学不是最早就是最晚，而且全程一个人，低着头，恨不得从地下挖洞走路。我跟谁也不打招呼，谁跟我打招呼我都装听不见。在盛气凌人上我完全丢盔弃甲，一呼百应这事也换了主角，现在是攀峰来扮演了。

而我，已经彻底忘了到底有没有“天黑得伸手不见五指”这回事儿了，因为我每天满脑子都是这行字：我这辈子算是完了！

好在天不绝人，没多久，就有人突破了我的尿床纪录——涓上，这个吃奶吃到六岁，十岁还尿床的家伙，总算为我遮了一回羞，重新刷新了底线。

但是糗事毕竟已经发生了，河水不能倒流时间不能倒走，我也不能穿越时空去那个尿床的早上给所有人洗脑。即使半年之后，我已经愿意抬头走路，也愿意搭理别人的招呼了，可谁跟我说话都得小心翼翼的，不能提尿床这件事儿，否则我会脸红耳热满头大汗。如果对方还不消停，我情急之下动手也是很有可能的。

是的，我慢慢从一个争强好胜、舌绽莲花、气焰嚣张的孩子王，一点儿一点儿失去人气，失去凝聚力，失去好胜心，变成一个少言寡语的少年，接着，顺道成为一个敏感、害羞、内向的青年。

当然，这是后话。可是“少言寡语、敏感、害羞、内向”这些词，正是文艺青年最丰富肥沃的养料啊！嗯，我一向最擅长做的事就是自我安慰。

后来 / Later

2013年的春天，高晓松说：“我认为‘文艺’是对‘青年’的最好评价。”这句话几乎瞬间就解救了一大批羞于承认的文艺青年，我也是其中一个。所以看到高晓松给文艺青年松绑的那一刻，我决定拿出一年的工资请高晓松给我拍个青春传记电影。这种电影多火啊，前有《那些年我们一起追的女孩》，后有《致我们终将逝去的青春》，我估摸着，我这票房应该也不会太差，毕竟谁还没尿过床啊，当个大龄尿床代言人怎么也能上一次头条。高晓松嫌弃投资太少？那、那、那拍个微电影也行啊。

小情书

我老实交代吧，那封情书，其实我从刚进初一（3）班没多久就开始写了。至于从哪天开始的，嗯，我也不瞒着了，具体日期我的确忘了，是从见到赵娜不久就开始准备的。

给赵娜写情书这事儿，在情书没有送出去之前，真的是天知地知我知抽屉知。我跟赵娜算不上熟悉，整个初一，我和她甚至都没说过几句话，但是我知道自己有点儿喜欢她。喜欢她当然有很多理由，但她长得漂亮肯定不是主要理由，说实话我还不知道漂亮的具体意思和有什么好处。

跟同学一起起哄，管赵娜叫班花甚至校花这事儿，其实我真的是瞎凑热闹，我也并不明白校花到底什么标准。可起哄中，我看到赵娜羞红了脸，要恼怒又不好意思，她甚至都不知道怎么发火，最后竟然趴在桌子上委屈地哭了。那一刻，我心里像是有根弦被拨了一下，愣住了。于是我悄悄从起哄中退出，默默出神。

就是从那天开始，我觉得自己忽然有点儿不一样了，至于哪里不一样了我并不十分清楚。反正从那天起，到了学校进了教室能看到她，那天天气如何于我完全没有干系，她在，就是晴天，她请假了就阴雨连绵。如果哪天一个凑巧和她对上了目光，她冲我轻轻一笑，一整天都是春风明媚阳光普照。

所以，我思来想去翻来覆去，建立了一千个表达我这些感受的方式，又推倒九百九十九个，剩下的那个，就是准备写信。我知道，进了初中，男生是不能随便给女生写信的，一旦写了，无论你写了什么，那都叫情书。同学都是这么说的，哪怕你只是给女生写了个纸条，里面问对方今天早上吃了什么。

好吧，情书就情书。

下笔写之前，我先弄清了一些问题，毕竟写情书还是有一些讲究的。平日里我们做作业大多用碳素或蓝黑墨水，但是写情书不能用这种颜色的墨水，因为这不够浪漫。所以，最好是去文具店买来纯蓝墨水。千万千万不能要酷，学老师批改作业用红色墨水，那样写出的“情书”有个别名：分手信。想想，你还没好呢，哪来的分手信呢？荒诞了吧，滑稽了吧，那就糗大了。

好在我有一瓶我比较喜欢的纯蓝墨水，平日里练钢笔字时用，现在，就它了。

选好墨水，下面就是选一个时间动笔，最好是夜深人静的夜晚，万籁俱寂，连墙角的蛐蛐都懒得叫了，才最合适。脑子清楚啊，水洗过一样，能把所想的每一句话都清晰地回想起来。然后，要工工整整地写下每一个字，这起码是个诚意吧。至于文笔文采这些事儿，不是每一个人都有天赋，如果有谁想在情书里留下些许文采，那最简洁的办法就是从书里摘抄。比如我，就先后写了三个版本的情书，开始极尽摘抄之能事，可是看完之后，自己都掩面。那些字每个笔画都工整漂亮，但没有一个是从我心里流淌出来的。所以犹豫再三，我撕了那三页纸，重新用自己的话打了一遍草稿又抄写了一遍。嗯，看起来诚恳多了，起码能及格。

可是第二天再一想，不妥，班里已经不少同学送出情书了，结局不一，但大多是被拒绝——一般的是被女生交给班主任，狠一点的在课间当着同学们的面摘取几段朗读，还有更残暴的，直接贴到黑板上供大家观瞻取笑。思来想去，我的情书内容没有出众的精彩，目标对象也没有给我过任何暗示，可以说毫无把握。所以，我不能冒险，赵娜怎么说也是校花，起码是班花，给她写情书的人肯定不少，我有什么优势？万一成为炮灰，那是有可能成为整个初中阶段全班甚至全校的笑料的。

我得出奇制胜，哪怕出奇制不了胜，也不能落下任何把柄。

斟酌了好多个晚上，边想边转笔，摔裂了好几只笔帽之后，我觉得还是简洁为上。于是，最新版本的情书非常非常短，只有一行字，简直就是个纸条：如果你愿意和我成为好朋友，明天你进教室时冲我笑一下好吗？

审视了好几天，我觉得这封情书称得上是万无一失。我没有留名字，如果对方有心，会认出我的笔迹，若无意，我完全可以不承认。所以无论最终结果什么样，我起码可以保全颜面，力争全身而退。

当然，细节得想足，情书写好了，怎么把情书折好有些讲究。女孩子心细，一般喜欢把情书折成千纸鹤，代表思念。当然，这很肉麻。手巧的同学会把情书折成各种花样，多到我已经记不清各自对应的是什么意思。一张长方形的信纸，我只会叠成一个小船，而小船在情书折叠大全里是没有对应的意思的，因为它排不上号。所以，我选择最简单的，折成正方形，意思也最简单：我喜欢你。

情书折好了，下面就是用什么方式递到对方手里的问题。好多同学选择去邮局寄，寄挂号信已经算奢侈了。如果选择邮寄，那得搞好售后服务工作，掐准时间每天守着学校传达室，确保是本班的生活委员或者是收件人本人拿走情书。

除了寄送，信封上的邮票怎么贴也需要操心。大家早就形成了一套邮票暗语，有些老收到情书的，不用拆信，看邮票就知道大概内容：如果邮票是一张，整整齐齐地倒着贴的，意思是我喜欢你；如果邮票分开买几张，并排贴着，意思是我想你；如果邮票是倾斜着粘贴在信封背面，这一般是回信，意思是我不喜欢你，或者要分手……

鉴于寄送这个形式太过复杂，也有送不到的风险，而且我们班的生活委员刘双艳同学偏八卦（别误会，这个名字实际上是个男生），他能从字迹上判断出是谁写的，除非你用左手写信封。可我不想把简单的事情搞得这么复杂，更何况赵娜就坐在我右前方，我相信我有机会把情书送到她手里，这样更见诚意，也更有勇气。

可是，那封只有一行字的情书在我书包里待了很久，久到初一都快结束，即将到来的暑假之后我们就初二了，也一直没能被我成功送出去。不是没有机会，是每次都在关键时刻我就心慌，胆怯。因为给赵娜送情书的人越来越多，也越来越大胆，有当面给的，有课间往抽屉里塞的，还有外班的同学放学直接在教室门口堵着的。最后这种情况我就遇到过，高我们一个年级的篮球队队长，挺新派，情书上竟然粘着一朵小花。当他高大的身影站在门口，我们班的教室像阴天了一样。那天碰巧我值日，看起来赵娜有点儿被吓着了，又羞又急，不知道如何是好，就回头看了看我。千载难逢的良机啊！我上去小心接过了情书，放到赵娜的手上，然后鼓起勇气回过身，抬头说：“你得给人家考虑的时间吧？又不是你一个人送情书来。”

那天竟然是我送赵娜出了校门，陪着她走了很长一段路，远远看到她们家大门了我才转身回家。一路上，我有很多机会把情书上的内容说出来，但是我没说，因为我已经写了情书嘛。再说了，这时候如果说，显得我趁火打劫。

一拖再拖，直到有一天小利告诉我，下学期就初二了，全年级会重新分班，我们可能就不在一个班了。这下我急了，如果跟赵娜不在一个班，希望就更加渺茫，我必须抓住最后的机会。

下定决心后，也就不分什么时机好不好了——大家都正紧张地复习呢，我跟赵娜说想拿她的课本来照着画一下重点。赵娜疑惑着把书递给我，我出了满头满身和满手心的汗，才做到还书给她的时候把情书夹了进去。她接过书的那一刻，我觉得整个世界都在旋转，空气令人窒息。

赵娜很快就发现了端倪，她轻轻侧过头瞄了我一眼，眼神里转瞬即逝出一抹微光。之后，她转回身就再也没回头。

第二天一早，我到教室到得特别早，早得让最努力的几个同学都觉得诡异。没办法，我得让自己做好最充足的准备，迎接一切可能。

那天赵娜竟然迟到了，第一节课都开始了一会儿，我还在胡思乱想中满天乱飘，她突然在教室门口喊了声报告。我一怔，浑身莫名地有些僵硬，呼吸都快停了。最讨厌人迟到的语文老师杨峰本来稍稍有点不满，但看到是几乎从不迟到的赵娜一直不好意思地低着头，没说什么就让她去了座位。赵娜一路埋头往座位上走，目不斜视，完全不知道我心里正一点儿一点儿在变凉，结冰……

那天，我眼里看不下去任何文字，脑子里也装不进任何公式，我整个人都是空白，感觉自己就像挂在教室上空，虚幻地飘来荡去……

后来 / Later

惊喜就像一个彩蛋，在期末考试之后来临了。那天考完了所有科目，赵娜忽然塞给我一封信，羞涩让她脸上红成一片。捂着那封信我都快飞起来了，直到如今都想不起来自己怎么拆开的信。信折成一个心形，赵娜的手可真巧。她在信里写了很多，告诉我那天她本来准备好一个微笑的，可事到临头很奇怪，就是笑不出来。可随后到来的初二分班，我们没在一个班，我们俩像两条直线，只蜻蜓点水一般交集了一次，此后各自向前。直到现在，我们也没联系过，也再没见过面。一切就像天空里的一片美好，在记忆里云淡风轻。

小礼物

连我自己都没有想到，河东到河西原来根本不用三十年，从万人嫌到人人关注，有时一夜就能做到。

初二那年的初夏，我竟然一夜间再次成为全班甚至全校的焦点。嗯，几年后，我又尝到了走红的滋味，而且这次玩儿得有点大，我上报纸了。

事情的起因再简单不过，初二重新分班后，我的新同桌叫卓之豹，名字很酷吧？但是人一点儿也不酷，他每天最热衷的事儿，就是从报纸杂志上搜集全国各地的作者地址，然后逐一给人家写信，求交笔友。每次他都认真地蘸口水、贴邮票，再一脸虔诚把信封严严实实地封好。

我们俩的交流就是从这儿开始的。我略带不屑地问他："每天这么写信，有用吗？手指都累弯了，怎么不见你收到一封回信？”

我承认，我当时有一点幸灾乐祸，尽管交笔友这件事儿据说全国风靡，很时髦，可是卓之豹手头也不宽裕，邮票买了一排又一排，信寄了一摞又一摞，那花的可都是他省下的午饭钱呐。那会儿我也在拼命省钱，因为我大姐要出嫁了，我想送她一样特别的礼物，可是没钱，我只好饿着肚子从午饭钱里克扣。原来我和卓之豹在下午听着对方肚子咕咕响，还相视苦笑来着，久了我就替卓之豹不值——我为了我姐的结婚礼物好歹还有点儿意义可言，他呢，别说他每封信里都要提一下回寄照片的请求，就连回绝信他都没收到过一封。他这不就是从牙缝里省下钱来，拿去打水漂么？

卓之豹一听，急了，歪着头朝我嚷嚷：“你是羡慕啊还是嫉妒啊，我交的笔友都是什么人？是在报纸杂志上发表文章的，以后都是大作家，懂吗？作家能有时间天天写信吗？我就是表达一下崇拜，没幻想人家用写文章的时间来给我回信。你要是也能在这上面发表一篇文章，我也给你写信，你也不用回！”

为了配合自己的愤慨，卓之豹顺手往我面前扔了一份皱巴巴的报纸。我拿起来一看，《农村孩子报》，班上几乎每人都订了一份。说实话，我也没觉得上面的文章比我们的作文好多少，但我也不敢夸海口就一定能在上面发表文章，毕竟我从来没动过在作文之外还写什么文章的念头。所以，我只好忍气吞声，闭嘴。

但我岂是轻易服输的人？从小就不是！

当天晚上，我就把我的作文本翻了好几遍，挑选了一篇被语文老师表扬过的《我》，准备抄写一遍投稿。可是想着作文里的那个被老师表扬的“我”是表面的、虚假的、为了应付老师要求的“我”，很寒碜。于是我临时起意，改写，写成真实的我，一身毛病的我，成绩中不溜的我，整天胡思乱想的我。写到第三遍，我才略感满意，工工整整抄写了，第二天上课之前塞进校门口的邮筒。

赌气这事吧，在我这儿也就是脑袋一热，我压根儿就没有什么作家梦，也从来没有让自己的文字和名字变成铅字的理想。所以几乎是当天，我就把这事忘了。有那么多好玩儿的事情可以选择，我干吗跟卓之豹过不去，他愿意崇拜就崇拜去呗，也不损失我一毛钱。

事情有点诡异的变化，是因为我突然一天收到三封陌生的信，开始我怀疑是不是搞错了，可地址、邮编、姓名都是我的。一拆开，先掉出一张照片，然后信里莫名其妙地都是要和我交笔友的请求，请求回信，请求回赠照片。之后，几乎每天都有类似的信，而且越来越多，直到眼尖的同学在报纸上发现我的名字。

我的天！那篇赌气忙活了一晚上改写的《复杂的我》，每一个字都变成了铅字，陌生地出现在报纸上。

求交笔友的信每天都在增加，用雪花般形容真的不算太夸张。等到我收到样报和稿费时，我的书包里已经塞不下那些信了。我妈好奇，用细绳五十封一小捆这么扎起来，有两百多封，信封上很多地址我都闻所未见：新疆、黑龙江、辽宁、广西、甘肃……我已经看傻了。我终于明白卓之豹的那些信为什么没有回音，如果每封都回，我的稿费还不够买邮票的。

而我一直担心的给我大姐的结婚礼物，这下终于解决了。能有什么比拿自己人生中的第一笔稿费买的礼物更好、更体面、更有意义的呢？那可是我一个字儿一个字儿换来的，一不偷二不抢三不骗，还顺便让卓之豹花痴一般翻来覆去看了三遍报纸确认事实。想想我就觉得踏实，最起码，以后我不用再从我的午饭里扣下一份菜或者一个馒头了哇！

当然，我也顺便解救了卓之豹，因为他从此放弃了克扣午饭钱换成邮票撒往全国各地，身边就有一个同桌可以成为笔友，舍近求远干什么。卓之豹每天义务为我取信、拆信，汇报信件内容。有同学好奇，过来参观，卓之豹还热情解说来龙去脉。

被全校同学指指点点议论纷纷并没有给我带来什么好处，我知道那都是虚的，一切都不如稿费来得实在，因为我大姐的结婚日期眼看就到了，即使全国同龄人都给我写信，也换不成我的礼物。于是我把语文书里夹得整整齐齐的两张十块的、一张五块的、三张一块的人民币装进口袋，决定必须尽快去镇上买一份特别的礼物了。

趁着午饭时间，卓之豹热情踊跃地陪我去了一趟。我们俩看遍了镇上的两家书店、三家工艺品店，没有一样东西入我法眼的。没办法，赶在回校上课的最后一分钟，卓之豹想到一个好主意，周末他陪我去县城买。

是的，去县城，六十里地，骑自行车要将近两个小时。卓之豹拍着胸脯说没问题，我自然没话说。当然，心里有点感动。

到了县城，已经不是有没有合适的问题了，是我很快挑花了眼，挑乱了心，觉得哪个都很特别，我巴不得把整个县城的工艺品都买下来。最后，难得我和卓之豹都特别喜欢一个有机玻璃工艺品，方方正正的透明物体里，一尊大笑的弥勒佛悬空坐在中间，晶莹剔透，特别得有些夺目。只是价格稍贵了些，我犹豫半天，准备放弃，因为钱不够。卓之豹在玻璃柜前愣了一会儿，咬咬牙，从兜里掏出他的一小沓零钱，借给我凑上了。

拿到包装好的礼物，我们俩身上的钱只够买两个烧饼，吃完回家要再骑车两个小时。

回家的路上，太阳西斜，我觉得卓之豹浑身被太阳照得都闪着金光。骑了一阵儿，他忽然扭头问我："你以后没准儿会成为一个作家，你姐姐结婚你送这么一个礼物，不觉得俗气吗？”

卓之豹把我问愣住了。说实话，卓之豹的这个问题相当有水平，也让我对他刮目相看。我们俩接下来一路都在商量再加一份什么礼物，才可以让我显得不那么俗气，对得起我未来作家的身份。当然，这份礼物最好是免费的，因为我们俩都没钱了。

卓之豹建议我单独为我大姐写一篇文章，在我大姐出嫁那天当众朗读。让我写一篇文章当然不是问题，问题是我从来没在很多人面前说过话，一下就要朗读一篇文章，这跟在很多人面前扒光我的难度差不多。PASS，换一个。

为我大姐单独唱一首歌？可是我天生五音不全的人，连一句都找不着调儿。

回到我们家门口，无论我怎么挽留，卓之豹也不肯去我家吃饭。我带着感激、愧疚，忍着自行车车座给我屁股带来的疼痛，送了卓之豹很远一段路，才挥手告别。回家时，村口的大喇叭已经在播放“每日一歌”，这是固定节目，播完之后喇叭就会关闭，正式进入夜晚。

天已经黑透了，我却被这每日一歌拨弄得眼前一亮。是的，我一瞬间找到了我的那个礼物，我几乎天天听广播，竟然忘记了这个简单、特别、惊喜、浪漫又几乎免费的礼物。

当然，第二天卓之豹一听到我连夜送出的礼物，激动得站了起来，击节称赞。

原谅我粗线条，这个事情同样没在我的脑子里停留太久。如果不是那天我大姐突然回娘家，我真的都忘了我连夜送出的那份神秘而特别的礼物。那天是大姐结婚后的第三天，既没有什么规矩要求她回娘家探亲，也没有什么事情需要她回来帮忙。反正我大姐还穿着结婚那天的又新又红又鲜艳的一身衣服，进门时一脸的激动。

一进门，大姐不是找我妈，而是直奔我而来。我妈正在和面准备包包子，我在帮我奶奶捶萝卜。大姐走到我面前，一脸的惊喜和感动，眼泪都快下来了。

我妈有点儿诧异，看着我大姐直问怎么了怎么了。我大姐回头带着哭腔说："是我好朋友刘燕听到广播特意跑来告诉我的，他专门给我点了一首歌。主持人在节目里还念了他给我写的信，都念哭了……"

我大姐指着我，眼泪下来了。

我举着能捶碎萝卜的石捶，愣了一小会儿，才慢慢回想起这件事儿。

后来 / Later

已经好多年没有贴邮票、糊信封了，家里的那台又笨又大的绿色收音机在搬家之后再也找不到了。我大姐即便当初感动如此，多年后到底也早就忘了点歌这件事儿。可是每次去我大姐家，打开门，那个有机玻璃中间坐着的大笑弥勒佛总是第一眼就能看到。大姐过得挺开心，我也是。

小梦想

我人生中第一次面对梦想这个词时，刚刚六岁。我哪里想到二十几年之后，这个词会成为无数人铺天盖地的口头禅，而且前面加个国家名，甚至能响彻世界。

那会儿，我还每天都在纠结：这个世界的边缘是不是我们村四周的树？而从石家庄来的姑姑这个事实甚至直接启蒙了我：世界真的很大，即使我走出我们村四周的树林，那外面也还是有很远很远的地方的，虽然我没去过，但不代表不存在。虽然听起来石家庄和我们巩沟庄差不太多，可她是坐火车、再坐汽车，花了整整两天两夜才到了我家。这起码说明，这个世界远比我想象的要大得多得多。大海就够大了吧，可是大部分人只能站在海边，感叹它的无边无际。而比大海还大的地球，那也总得有个边界，是吧？

那是一个阳光正好的傍晚，我正乐得屁颠屁颠地跟姑姑从水井往家抬一桶水。干活我也高兴啊，这可是我第一次见到姑姑，她从遥远的大城市石家庄远道而来，她穿的衣服、走路的姿势、梳的发型、说话的口音，都如此不一样，甚至连她的笑声都是新鲜的。

我姑姑皮肤很白，当然，不是我注意这个，是我妈说的，我妈说姑姑那是大城市才能捂出的洋气的白。不过，洋气的姑姑抬起水来显然不如我那么从容，她本来就胖，而且从来没干过重活，那桶水本来在扁担的中间，因为我个子矮，已经慢慢滑到我这边了，即使这样，姑姑还是走几步就“哎哟哎哟”叫唤肩膀疼，要求我歇一歇再走。歇就歇吧，能跟洋气的姑姑单独在一起，时间久一点儿我是愿意的。

姑姑用手绢给自己擦满头满脸的汗，过了会儿她忽然问我：“如果有两个梦想让你选，一个是饭店的厨师，另一个是司机，那种四个轮子开起来嘀嘀响的小车司机，你选哪一个？”

听到梦想这个词的一刹那，我有点儿愣神，梦想？似乎离我挺遥远的词，况且一下还是两个梦想让我选一个，这种奢侈难得一见，我简直有点儿手足无措了。但想了一下，随后我就明白了，姑姑这是没话找话说，她其实是为了让歇息的时间能长一点儿，故意找话题打发时间。所以她问是问了，可是问完了并不看我，只是边用她那个从不离身的白手绢给自己扇风，边四处张望，压根儿就没有期待我的答案的意思。

姑姑显然觉得我肯定会选司机，因为她说司机的时候，那两个字的语气明显加重，而且还加了个解释：四个轮子的小车司机。我不知道自己当时是因为兴奋所以本能地自然流露，还是从心底多少是有点儿嫌弃姑姑的，因为她抬一桶水刚走了一半的路，竟然歇了三次，所以我有点儿急切地脱口而出：我选厨师。

姑姑满脸诧异，明显是大失所望。但是我当时根本没看出姑姑的失望，因为选完之后我还在琢磨司机这个词儿，觉得有点儿意思。我们家那里只有两种叫法，开拖拉机的，开车的。因为村里能见到的就是拖拉机和货车，司机这个称呼，书里才有。

我后知后觉地明白姑姑对我很失望，是因为抬水的后半程她一句话都没跟我说，她赌气似的，只歇了一次就将水抬到了家。后来她再也没跟我抬过水，我觉得她是累怕了。可没想到，姑姑把问我梦想的这个事情添油加醋，当成笑话在饭桌上说给我爸我妈听，边说边拍着手大笑。后来，在来看她的亲戚和来看热闹的邻居面前，她一次又一次说了这件事儿，她笑着说，听的人也都跟着大笑，大家像是明白一个秘密一般兴奋欢乐。有时恰好我就在旁边，他们就一起看着我笑。每次说到最后，姑姑都这样总结陈词：他选了当厨子，哈哈哈哈！想当伙夫，这孩子，注定不会有什么大出息了！

我不明白这事有什么好笑的。

我先纠正姑姑一个错误，她当时说的是厨师，不是厨子，更不是伙夫，当然，它们实际上是一个意思。可是谁能出来告诉我一声，厨师和司机有多大区别？而且我没有撒谎，即使再给我一次机会，当厨师和司机两样摆在我面前时，我还是会对厨师更有向往，因为当伙夫，不不，当厨子，反正随便吧，只要可以天天像过年一样满足嘴巴和肚子，这不也是我爸我妈还有那些亲戚邻居们的梦想吗？他们甚至一直挂在嘴上念叨着，希望有一天可以天天像过年。为什么由我说出实话，就这么可笑？

如今想来，厨师和司机能算梦想吗？顶多是职业理想。可是当时姑姑带着回农村看望我奶奶，顺便援助一下她的弟弟也就是我爸的心态，所以能给我这两个选择，已经很有档次了。从小到大周围那么多亲戚邻居逗过我，有谁拿厨师和司机的选项给我选择过呢？

可在当时的我心里，梦想这个词是遥远又陌生的，肯定不是跟厨师和司机这样的词画等号的，我说不好它是什么样，只能打个比方：我觉得梦想应该是早晨花瓣上停着的朝露，它和刚刚开放的喇叭花一样，因为只能存在一个清晨，所以使劲儿晶莹剔透，简直是一滴就可以反射整个太阳。它天生一尘不染、光芒四射，睡觉时遇见会笑醒，和人说起时没法启齿，走路时碰到会羞涩……它怎么能是厨师和司机呢？

在我被姑姑一次又一次大笑着定性为不会有什么大出息时，我爸我妈也一直跟着哈哈大笑。他们笑我没什么，本来他们对我也没多少奢望，能健康长大，娶媳妇生娃，已经是很好的结果了。但是对我没有选择当一个四个轮子的小车司机，他们到底还是难掩失望。无论是姑姑，还是我爸妈，他们无疑都认为，这个更有象征意味的选择像一扇有测试作用的门，姑姑到底是见过大世面的，这句话是点石成金还是照妖镜，是可以一探一个少年的未来的。既然我没有表现出一丁点儿无可限量的潜质，他们只好跟姑姑一样，边笑边关了这扇门。

我爸我妈的失望，恰恰表明他们对姑姑的到来其实是有奢望的，他们在晚上睡觉的时候悄悄商量过，姑姑会不会因为喜欢我而把我带到石家庄去读书。因为姑姑只有三个女儿没有儿子，她之前隐约是透露过这个意思的。

莫名的，我也渐渐有点儿失落。如果我当时不那么着急，而是斟酌一下，顺着姑姑的意思选了司机，情况会不会变得不一样?

因为我奶奶很硬朗，快七十岁了，还能自己提水、烧火、做饭、洗衣裳，所以姑姑也很放心，加上她们工厂给的假期也不长，很快就拟定了归期。

姑姑走的那天带着大包小包，我知道包里是什么，除了我家地里收的棉花做的两床棉被，还有花生，我家去年收的几百斤花生里挑出来的八斤花生种，一个没留都给姑姑带去了。还有红豆、绿豆，我们这儿的红豆绿豆据说全县都有名，又沙又甜，为了从几口袋红豆绿豆里找出几斤最好的，我妈用簸箕簸了一天进行初选，胳膊都肿了，之后，又用吃饭的桌子倾斜着，把红豆绿豆又在上面滚了一遍，我还帮着从里面挑了半天的石头子儿土坷垃。至于另外一些亲戚们送来的特产，花样就多得没法说了。可尽管如此，姑姑和大家寒暄之后走出院门，连看也不多看我一眼，就头也不回地走了。

把姑姑送到村口，帮她搭上去镇上的汽车，直到看不到姑姑的影子了，我爸我妈才转身回家，眼睛里一片空洞。我知道，这一刻，他们的幻想才算彻底破灭。看到还默默站在院门口的我，他们俩一人一句语带嫌弃地说落我，说我都快七岁了还这么没眼力见儿，一直一声不吭，连跟姑姑说声再见然后邀请她什么时候再来的客气话都没有，太不懂事儿！

他们的话里明显带着心有不甘，也是对我没有出门看大世界的福分的哀叹。

可奇怪的是，就是从那天开始，我突然觉得自己慢慢有点儿不一样了，哪点儿不一样我也说不清楚。眼前的那个世界依旧还是老样子，毫无变化，我也很快又回到以前，固执地觉得自己踩着的这个地球应该是方的，四面都是墙。但在我面前，似乎隐隐有了一扇小窗，窗外没有什么特别，白天太阳晚上月亮，阴天刮风下雨晴天蓝天白云，更多的时候则一片混沌。

但我奇怪地多了几丝冲动，希望自己赶紧长高长大，之后就可以出去，去看看这个世界，跟我想象的有多不一样。

后来／Later

我真的抓住一切能出去的机会出去，因为清明扫墓代表学校去了烈士陵园，因为中考去了镇上，因为竞赛去了县里，因为升学去了省城，因为工作去了北京，因为旅行去了国外……但我没能当上厨师，到现在也不喜欢当四个轮子的小车司机，更谈不上姑姑所说的大出息，但好在我能自食其力。如今再谈梦想，呵呵，这个词有点儿装腔作势，对我来说，它不过是一个路牌，一扇窗户，它有时指引方向，有时又只是让我好奇地探头张望……

小幻想

天快擦黑的时候，我悄悄躺到床上，一动不动。

我仰面躺着，不偏向左也不侧向右，命令自己闭上眼睛。我没盖被子，甚至没穿衣服——因为我不知道自己会从身体的哪一个地方开始发芽。

是的，我准备好接受自己开始发芽了。

上床之前我告诉我妈，晚饭我不吃了，我不舒服，也没胃口。其实，我是想自己一个人静静地等待那一刻的到来。这些天，不，是这些年来，我一直有一个预感，就是我表面看起来是个人，是个动物，实际上，我是一种植物，一种还没发芽的植物。严格说来，还只能算是一颗种子，一颗没发芽的种子。

我不知道这个念头最开始是从哪来的，书里看的还是电视里看的？或者梦里得到的提示？反正我知道自己是一种植物。我希望我最好能是一棵树，那种越长越高越长越直的树。为了长得更高，我会自己褪掉叶子，自己折去底层争夺养料的多余树枝，自己面对风雪雨霜天气变换，自己忍受酷暑寒冬季节更迭，自己招徕啄木鸟吃虫治病。最后，我就能如愿独自享受最高处的太阳、微风和雨露了。

当然，这只是希望，自己具体会是哪种植物，我都还没发芽呢，谁知道呢？

但是我知道，升入五年级之后，我一直期盼的那一刻离我越来越近了。我能预感到，这种能力植物都有，这是天赋。这个想法其实早在三年级的时候就有了，不过我一直以为是幻想，所以谁也没敢告诉。可是那天看一本书，内容倒没什么稀奇，是那张一个头顶长出一棵树的小男孩的插图，他满脸的微笑像一道光瞬间照亮了我。是的，我不是一直在准备着吗？时间应该到了。

我说不太清楚那种感觉，反正就是有一种莫名其妙的东西绷在我身上，看起来是一身衣服，其实就像一层膜，又薄又透明，只等着我膨胀，变大，才能试图去挣裂它。

我一直在奔向这一刻，我逐渐吸收了水，也接受着阳光，呼吸着空气——条件上万事俱备，意愿上我已经等了两年多了，你看，我的衣服总是很快就小了，裤子经常就莫名短了，鞋子不经意就拱出了大脚趾，就连头发和指甲都越剪长得越快。

我知道，我得抓紧时间，也得想办法给自己创造环境和机会，否则一旦暑假过了就读初中了。我明白，一旦读了初中，就只能是人了，身体里的那颗种子就将永远处于睡眠状态，一直都是偃旗息鼓的，再也不会有哪怕一丝丝的蠢蠢欲动。

所以，天刚擦黑，我就把自己洗得干干净净，打开窗户，躺在床上，把自己埋进暮色里。黑暗就是土壤，我什么都准备好了，这样破土而出的过程就不会太久太痛。而且我还特意选好了时间，暑假刚开始。一旦我发芽之后不是长成参天大树，而是一棵不太体面的植物——比如我家院子后面野生的那棵臭椿，除了招臭虫，一无是处——那我爸妈也好有足够的时间做点儿什么来掩盖现实，比如他们可以告诉别人我去走亲戚了。

窗外的天空从灰黑色变成深蓝色之后，星星慢慢都出来了。我知道，露水也肯定都下来了——对我来说，以后的每一滴露水都很珍贵。

我隐约听到厨房里我爸我妈我姐他们边吃饭边说笑的声音，他们肯定想不到，从明天开始，他们再也不会跟我坐在一桌上吃饭了，因为天一亮，家里会少了一个人，床上会多出一棵树，根扎在床下的土里，枝叶从窗户伸出窗外……我来不及也不愿意跟他们告别，因为我觉得自己越来越昏沉、乏力，肚子里咕咕咕咕地响，我知道，我久久等待的那一刻，终于开始了……

黑暗竟然温暖又潮湿，不像土壤，而是像被子一样，把我慢慢淹没到一个深坑下面，接着，土壤像流星一般纷纷落下，从我的脚开始，一点一点把我掩埋。在我的眼睛被盖上之前，我看到大地一片平坦，并没有因为多了一个我而凸起哪怕一个小土包。

可奇怪的是，埋入土壤里之后，我依旧可以呼吸，空气甘甜湿润，还带着阳光的体温。很快，我浑身微微发痒，我觉得自己又膨胀了一些，可是依旧不知道自己会从哪里开始发芽，脚板底？胳肢窝？指尖？头发丛中？我当然不希望是从眼睛、耳朵、鼻孔或嘴里发芽，眼睛太疼了，而嘴是要留着呼吸的，耳朵则可以听一听自己拔节的声音，那就只剩下鼻孔了——可是如果从鼻孔发芽，我会一直打喷嚏的吧？

我万万没有想到，最后竟然是从肚脐眼儿。

是的，真的是肚脐眼，我原来一直以为这玩意儿是百无一用，因为它既不出也不入，就是个摆设。可现在，肚脐眼周围微微发热，渐渐地都开始有点发烫了。之后，我慢慢看到一根又一根树须一样的东西绕着肚脐，慢慢走遍全身，它们像网，密密麻麻，经纬遍布。倒是不太疼，所以我还忍得住。之后我才忽然明白，那是根。是的，要发芽，先生根。

等到肚脐眼儿那里真的有撕裂一般的疼，然后又开始凉飕飕的时候，我终于看到自己发芽了——先是两片黄绿的叶瓣，被一根脆生生的茎顶着，慢慢上升，像极了电视里放的那些慢镜头。接着，叶瓣从两个变成了四个，然后是六个，八个，茎越来越粗，颜色也越来越绿。等到我慢慢意识到自己其实不是一棵树，而是长成一根藤蔓的时候，那根茎已经绿得发黄，虬劲健壮。

是的，我竟然长成一棵健康而结实的西瓜。

我红色的血液源源不断地从全身供往肚脐，之后变成绿色的汁液，催着西瓜蔓越长越长，在埋我的土地上爬出了好远。

不是一棵树当然让我很是不快，因为这一切完全打乱了我之前的预测，甚至让我有点措手不及。我怎么会不是一棵树呢？我想象过无数次，每次都是树啊，只是品种不同而已。

不过好在西瓜我也不讨厌，恰恰相反，在所有的水果里我最喜欢吃西瓜了。小的时候吃西瓜不小心把种子吞进了肚子，我甚至仔细想象过那种子是怎样借助我肚子里的营养，一点一点从肚子里发芽，再从我嘴里长出来的。

如今真的来了个现实版，只不过不是从嘴里长出来，而是肚脐。

事实已经如此，不能分神了，我很快接受了这个现实，开始默默关注自己的下一步。

不多会儿，我已经在地面上蔓延出一片瓜秧了，每条枝蔓都很健康，上面的绒毛浓密剔透，西瓜叶面墨绿，触须嫩绿、修长，见着什么就缠住不放，哪怕是一棵野草。

很快，我冒出了花骨朵，而花骨朵屁股后面跟着一个花绿花绿的小球，个头比玻璃球小一点儿，也没那么圆。我相继在枝蔓上开出了一朵又一朵花，可是能结出果实的，只有那唯一的一朵。

我简直不敢相信，我竟然这么快就结果了。

我努力调动浑身的一切养料，用最快的速度供应到地面上的瓜秧。我看着那个花骨朵盛开成一朵黄色小花之后很快凋谢，那个小西瓜却一点儿一点儿在长大，瓜身上的绒毛越来越短越来越淡，纹路却越来越清晰。我莫名地感觉异常疲累。

我使劲提醒自己别睡，也别停，既然我是一棵西瓜，就不能再想着树的事儿。我得把西瓜结好，等着西瓜熟了之后再歇息。

可是我越来越困，我能看见自己结出的那个西瓜一直在长，已经大过我的肚子，我甚至怀疑自己能不能抱得动它——因为我一丝力气也没有了，身体也丝毫动弹不得，连眼睛想一直睁着也变得越来越困难。

地面上一会儿刮风，一会儿下雨，一会儿出太阳，每一秒过得都像我的一天那么长。

我终于耗尽最后一点力气，沉沉睡去……

我知道，作为植物特别是一棵西瓜的一生，我已经耗尽了所有。让自己发芽的决定是我做的，让自己好好开花结果的努力也似乎是我做的，尽管没能心想事成长成一棵参天大树，我也认了。

我只是没想到，我还能醒过来，还能睁开眼，看到太阳。

第一眼，我模模糊糊地看到的是我妈的笑脸。她一脸如释重负的微笑，用手背试了试我的额头，一边感叹“烧终于退了”，一边嗔怪我“睡觉不仅踢被子，还脱光了衣裳”。就在我暗暗努力说服自己这一切也是真的时候，我妈把手探过我的脖子，将我托起身来，语调异常柔和，说：“快起来，快中午了，准备吃西瓜。这可是今年地里结的第一个西瓜，一看皮就知道是大沙瓤。”

我打了一个激灵，目光越过我妈的肩膀，看到我二姐正吃力地抱着一个水淋淋的大西瓜放到桌子上。按我妈的习惯，它一定在井水里泡了小半天了。可是，那西瓜的大小、花纹、形状，无一不透着一种诡异的眼熟……

后来 / Later

尽管每一个细节我都看得到，每一个声音、气息、画面我都印象深刻，可我不得不承认大多数人的看法：那就是一个梦，还是一个发着烧、饿着肚子昏睡时做的梦。因为此后一直到现在，我又做过无数次的梦，可是再没有过如此真实的感受。甚至，如今几乎每夜都有梦，可是早上醒来刷个牙洗个脸就扔掉了，我再也没能完整地记得哪怕任何一个。

小传奇

如果我说我只见过我外婆一次，你会有什么反应，奇怪？疑惑？不解？

但我真的一共只见过外婆一次，而且现在回想起来，我甚至都没能清晰地记清她的模样。因为那次见她，是在她的葬礼上。

外婆家离我家有三十公里，说起来不是特别远，可因为跨省，交通很是不方便，加上我妈我爸的这门亲事据说当初外婆也不是特别乐意，所以连我妈回娘家的次数都不多。偶尔过年时我外婆示弱，表示想见见我们这些外孙和外孙女，我妈还不合时宜地展露一下抠门的毛病——长途车上除非像我弟弟这种小孩子可以免票，我和姐姐这种大孩子是要买票的，所以我妈每次只带一个去，那自然是从我大姐开始享受这个机会，等二姐去了之后才能轮到我。我妈总念叨着，等以后我大一点了去看外婆的机会多得很。这一耽误，竟然十来年就过去了。别人寒暑假都泡在外婆家，好吃好喝好玩儿的都是外婆级特供，我却只能羡慕嫉妒恨。好在一年一年过去，希望就在不远的地方等着我，我也没太着急，因为我妈说这次过年无论如何都会带我去外婆家。可问题是谁也挡不住意外，没想到年还没到我却必须提前去外婆家了，因为外婆突然得病，去世了。

我没见过外婆，自然对她没有什么印象，但是从每年我妈和我舅舅们带来的大米、红薯干、花生玉米糖里，我总想象外婆是身体康健、精力充沛的样子，完全跟得急病突然离世沾不上边儿。可看着我妈哭得肝肠寸断，任谁劝也劝不住的架势，这消息是真的。

对一个从未谋面的人，即使她是我妈妈的妈妈，我也还不会适时而正确地哇哇大哭。但我知道去世是什么意思，所以一路上汽车倒汽车再倒汽车，我始终一言不发，在看车窗外一路倒退的风景的同时，给哭了一路的我妈换了两条毛巾，最后连我自己的手绢都贡献出来了，汽车才到了外婆家的镇上。后面的十几里路，要步行。我妈悲急心切，一路小碎步疾行，完全忘了习惯走沙土地的我在这种黏土地上每一步都很艰难。因为刚刚化冻的黏土地最上面的一层土是又黏又软的，每一步走过黏土都会沾在鞋上，蹭不掉甩不脱，脚下一使劲儿，连鞋带厚厚一层“黏土鞋底”就飞出去了。

可是我也不敢叫我妈慢下来等我，我只能学着我妈外八字走路，两脚边走边在地上蹭一下鞋底。虽然效果不错，可没走多会儿，我还是全身冒汗。等到汗珠子啪嗒啪嗒掉，我没法再嫌弃了，把我妈擦过眼泪鼻涕的手绢翻过来，很快擦汗擦得湿漉漉的。

远远地听到悲戚的唢呐声，我妈忽然声调拔高，放声大哭，可能是她终于放弃了最后一丝幻想。来迎接我妈的都是妇女，我几乎一个都不认识，但是我能看出来好多人是假哭，因为她们没有眼泪，每一声哀号都是单调重复的哭腔，听起来竟然有点儿像唱戏。

我妈这次终于被她们劝得慢慢安静下来，然后立刻让我叫她们大妗子、二妗子、三妗子、四阿姨——四舅的对象还没跟四舅结婚。不过也快了，互相寒暄完毕，她们就开始商量着这下必须在三个月内尽快把四舅的婚事办了，否则重孝三年不能办喜事。

刚商量了一半，我妈突然想起什么，拉着我往灵堂走，她要带我去看一眼外婆。说实话我有点儿不想去，当然了，其实是不敢，可是想到我这第一眼见到外婆就是最后一眼，没有理由不去。

外婆仰面躺在一张旧床上，被子严严实实地盖到下巴，一动不动。如果不是她脸上贴着一张火纸，我会以为她只是一个熟睡中的小老太太。外婆比我想象中个头要矮一些，也瘦得多，她孤零零地躺着，让人看了就觉得她一定很冷。

旁边的老人不让我妈拿掉外婆脸上的火纸，说不能坏了规矩，也就是说，我看外婆的这最后一眼，只是她的侧脸。不知道是不是因为这个，我妈悲从中来，又开始号啕大哭，似乎想把她所有的难过、后悔、郁闷、不顺都通通发泄出来，这次妗子们再劝也没什么用了，止不住。

可能周围的人被我妈哭烦了，他们突然陆续抬来了十几张桌子，摆上碗筷、烟酒，接着一声吆喝，唢呐停止，四个凉菜四个热菜四大碗荤菜鱼贯而上，每个桌子都坐满了八个人，像是突然冒出来的。他们就围绕在我那瘦弱矮小的外婆周围，喝酒、划拳、聊天、说笑，很像一个诡异的庆祝仪式。

我妈退到里屋，恢复平静，继续跟妗子们说话，我则趴在窗台上，看外面一群人正在忙活，他们在给一个大大的棺材刷油漆，竟然是大红色接近酱紫的颜色，看起来有些奇怪的刺眼。他们边干活边抽烟边开着玩笑，互相催促着尽快弄完，好赶第二拨酒席。

等到所有人都酒足饭饱，聚在门外抽烟、吹牛、打牌，我妈和舅舅、妗子们才坐上饭桌。等饭菜的工夫，我妈终于有空简短回答了我的几个问题：我外婆没在棺材里而是躺在床上，是因为那需要一个仪式，入殓，很隆重的；棺材漆成红色是因为棺材在我外婆身体硬朗的时候就提前备下了，外婆又儿孙满堂，所以这算是喜丧；大家伙喝酒、说笑也因为这是喜丧，再说了，不是喜丧也这样，人都没了，哭天抹地有什么用……

下午三点，入殓开始。一个年纪很大而且留着一把长胡子的老人边念念有词边指挥一众年轻小伙子一步一步来，慢慢将我外婆抬着放入棺材。刚刚放稳，意外发生了，只听有人长长地叹息了一声，然后我外婆脸上贴着的火纸飘了起来。长胡子老头抓过草纸说了一句奇怪的咒语正要贴回去，我外婆竟然坐了起来，一边嘟囔着“快饿死我了，到没到吃饭的时候”，一边伸手去解绑腿，解了几下没解开，生气道：“谁给我扎的这绑腿，这么紧，还死扣！”全然没有注意到围着她的几十上百人都快疯了。

胆小的人“啊”了一声四下散开，胆大的人小声嘀咕着“不会是诈尸了吧”，反倒往前凑上去看。而我妈、我舅舅和妗子们一拥而上，哭的哭笑的笑，一片混乱。

我自然是高兴的，死与死而复生在我看来都是再正常不过，无论是童话、神话还是传说中，这种事我看过听过的都太多，丝毫不觉得神奇。而且我外婆虽然活了过来，可她看上去并不清醒。大家七手八脚把她抬出了棺材，她也没表现出诧异，反而平常地坐到桌前，有人端来米饭和菜她就吃，不用筷子，用手。一直等到吃饱了饭，她也没有要质疑周围的这一切到底是什么意思。

赶来的医生忙活了半天，又是扒拉眼睛又是测心跳、量血压，最后也只是模棱两可地说：“返回来是返回来了，可她是糊涂的。血压、眼压、心跳什么的都正常，再观察两天看看吧。”

我不能等到两天后看看外婆有没有恢复了，因为两天后就是期终考试。本来请假是参加外婆的葬礼，可外婆现在活过来了，我没有理由不回去参加考试。

在外婆家的两天里，第一天一切都乱成一团，因为太出人意料，虽然长胡子老人说：“这种事也不是发生一次两次了，总归是好事。可能是谁带来了大福气，刺激到了正要带外婆过奈何桥的小鬼。”他话未落音，舅舅和妗子们就把目光瞬间投到我身上。我当然不相信这种鬼话，可是我妈信啊，她一听抱着我又哭了起来，然后拉着我在外婆面前絮叨了半天，几乎把我从出生落地到现在十二岁的所有过程都讲了一遍。可是外婆还是眼神呆滞，哪里也不看，就是放空状态。而且自从她在棺材里起身时说过那两句话，就再也没出声。她只知道吃饭、喝水、抽烟，她爱吃肉，饭量烟量都很大，就是不肯睡觉。

当然了，从我来到我走，外婆也就没能跟我说一句话，无论我妈怎么哭诉我是谁，让我一遍又一遍叫她外婆，还是没能改变什么。

后来，外婆的情况一直是舅舅们断断续续打电话来说一些，醒来之后的外婆一直是糊涂着的，偶尔清醒一点能说几句话，也不过是抱怨儿媳妇米饭煮得太硬、土豆丝切得太粗、给她的烟太少了。

一年后，外婆再次病重，这次接到消息我妈稳重很多，她深信我外婆福大命大，肯定没事儿，加上我们都要期末考试了，我妈就一个人回了娘家。可没想到外婆这次真的去世了，我舅舅他们苦苦多等了好几天，最终还是接受了现实。

无论多传奇，总还是要淡去的。即便我妈那么爱聊天，还将我这个完全没有根据的因素越说越夸张，可奈何现实是我越来越平庸，根本不能给她的传奇故事增添色彩，再加上总有更耸人听闻的新鲜事儿将一切翻篇儿。

所以，这一切也就过去了。

后来 / Later

我不知道，外婆这两个字在别人的生命里到底有多重要，也许大过天。对我来说，外婆是一闪而逝的传奇，一抹淡淡的遗憾。后来一直到现在，我写了很多小说，也写了很多散文和随笔，可是外婆在我笔下始终是个空白。这是我第一次写外婆，也许，可能是最后一次？我当然不希望是这样。

小姐姐

二姐和海霞的关系有多好，我简单说一句：俩人不在一个村，俩村相隔两公里，可是她们俩衣服从来没有分过彼此，即使我二姐胖一点儿，海霞瘦一些（想了解她们俩的英勇事迹，请翻看《一觉睡到小时候》的《小神童》）。

从初三那年赌气退学之后，二姐和海霞没有比以前坐同桌时离得更远，反倒是更近了，整天凑在一块儿聊个没完。因为擅自退学被各自的父母呵斥一顿之后，她们俩也纠结了几次要不要重新回学校把书念完，后来到底还是算了。于是，海霞和二姐每天聊天儿的内容其实大致也就是五个字：以后怎么办？

为这事儿，我爸和我妈很是发愁。我大姐开的理发店倒也还算不错，但是让我二姐也学这个，风险有点儿大，用我爸的话说，是把鸡蛋放在同一个篮子里。其实我二姐压根儿也没想学这个，她和海霞心气儿高着呢，俩人都觉得理发就是每天在人头顶忙活，没出息不说，“脑油味儿我可闻不了！”这是二姐的原话。所以，她们要学就学新鲜的、有趣的，还要有面子的。后来俩人在镇上观察了好久，二姐回来跟我妈说要学时装设计。

这倒是个新鲜事儿，听起来高端大气。可是我妈听了一撇嘴，不屑道：“不就是裁缝嘛，还时装设计。”

我在一旁扑哧乐了。二姐和海霞一起朝我扔了个白眼儿，吓得我赶紧闭嘴。

俩人很热切，一人一句说了一大堆的理由：“时装设计是最新潮流，学好了也是一门手艺。”“是啊，而且适合女孩子学，以后可以自己开个店。”“或者给别人打工也不错啊，靠技术吃饭也不用看人脸色。”“就是，实在实在不行，起码自家人穿衣服不用再花钱去外面做了吧！”“另外……”

我妈听烦了，一挥手打断了，“想学就去学吧，反正技多不压身。”

俩人的时装设计到底学得怎么样，谁也不太清楚，反正没多久我家就多了一台缝纫机。我二姐经常一本正经地坐在上面，手脚齐动，一块块碎布头上钉满了各种颜色的线。偶尔我妈找两块布来，我二姐折腾半天，也能做出一套护袖或者给我爸做一两条大裤衩。

两年后，二姐正式学成出师了。据说海霞要多学一年，因为她从一开始就手脚不协调，多练了一年基本功。我二姐已经可以帮老师做简单的衬衫了，海霞还在练习做大短裤。

二姐很是有些自得，跟我妈提起这事儿嘴角都是上翘的，话里带着骄傲，“海霞除了比我瘦比我漂亮——这是天生的——除此之外我什么都比她强。”

二姐出师了也没离开那个培训班，她一边给老师打工，一边等着海霞出师。俩人早就商量好的，学完了就合伙在镇上开个布店，海霞人瘦，身材好，长得也漂亮，嘴又甜会说话，负责卖布、揽生意，我二姐负责技术活，做衣裳。

她们俩的店还真开了，不过没开太久，勉强撑了半年，关了。不是二姐做的衣裳不好，也不是海霞没努力招揽生意，实在是因为镇上已经有了三家裁缝店，所以尽管二姐做的是最新潮最时髦的样式，尽管海霞是个最好的模特，可是门前依旧冷落。据说主要原因是目标客户多是年轻人，可年轻人大多喜欢去商店买广东货。

反正，我爸我妈天天数落二姐，也没能阻挡那间叫“潇洒穿一回”的小店亏本关张。之后，二姐和海霞觉得自己入错了行，便又张罗着去学了一阵电脑，几个月之后学成归来，我爸正式问起情况，二姐说来说去也不过就是会打字而已，又没有电脑可现场实践——镇上一共就一个打字复印社，免费打工人家都不肯管饭。所以电脑也只好作为二姐身上另一个“技”，暂且压着。我爸难掩失望，一脸无奈地跟我妈说：“算了，不指望了，她也到年纪了，媒人不是总来吗，你上点儿心。”

因为没有了店，海霞和二姐见面慢慢少了。偶尔我受我妈之命去偷听她们聊些什么，俩人聊得最多的竟然是相亲。嗯，我二姐的确相过几次亲，不过不是她看不中别人，就是别人没看上她，反正没结果。而海霞，我妈听说她家的门槛都快被媒人踩破了。

那天我趴在窗户上，看到我二姐一直靠着桌子站着，听坐在床上的海霞满脸兴奋地汇报相亲的情况：“最靠谱的是昨天相的那个，个子将近一米八，长得算帅，就是不爱说话。邻村的，高中刚毕业，现在在家里帮父母管理木材厂。”

我二姐迟疑着问：“你说的这个人，姓武？”

海霞诧异地说：“是，你怎么知道？他叫武进军。”

二姐愣了一下，勉强一笑，说：“你忘了，他比我们高一届，是学校的风云人物。那会儿他个子就高，而且他何止是算帅，是非常帅，白白净净斯斯文文，成绩好，爱画画，学校黑板报上的图都是他画的，还写得一手好毛笔字。当时无论老师还是同学，都觉得他肯定是要考大学的。”

海霞突然想起什么，兴奋地说：“当时说的一个学期收到的情书能塞满书包的就是他？你当时还说如果不是那么多人写信，你也会……”

“讨厌！”二姐笑着去打海霞，“方圆十来里地谁不知道他啊，在高中成绩也特别好，是他爸想让他回来帮忙管理木材厂，才没让他考大学。听说因为这个他绝食了好几天，到底也没拗过他爸……”

海霞疑惑道：“你怎么这么清楚，莫非你们俩……”

二姐和海霞咯咯笑着扭打成了一团，之后再没正经说话，我只好把之前的情况汇报给了我妈。这样做的好处是我可以什么活儿也不用干，好好疯玩半天。

我妈听了有点发愣，嘟囔了一句：“那没办法，人家没看中她。”我不知道我妈说的“她”是二姐还是海霞，反正她们都有点儿怪。那天海霞走了之后，二姐没吃晚饭，但是也没睡觉，屋里灯一直亮着。我去看过两次，二姐一直抱膝坐在床上，不知道在想什么，看上去像个心事重重的大人。

之后几天二姐一直如此，有点魂不守舍，做饭锅里没添水就催着我点火，洗衣服搓衣板放反了都不知道。我妈骂她是不是头魂丢了，她也不还嘴。我妈奇怪地问：“这两天怎么没见海霞来？”我二姐这才开口，说：“她今天去县城过红。”

过红我懂，就是订婚嘛，男方会选一个特别像样的饭店，请媒人和女方一家吃饭。之后，给女方买衣服、鞋子、袜子、箱子等等等等，越多越体面。然后隔一天就热热闹闹地送到女方家去，让亲邻都知道，这桩婚事就算定下来啦！

我妈“哦”了一声，说：“看你这没头没脑的，是不是海霞没让你去帮忙选衣服不高兴啊？”

二姐一脸不屑，拧着脖子说：“是我不愿意去。”

我妈若有所思，劝解道：“姻缘姻缘，是靠缘分的，强求不来。”

二姐一脸不耐烦，只低头搓洗衣服，不说话。

那天晚上，我已经写完作业上床了，二姐叫我。迷糊着被二姐拽到她屋里，才发现二姐床上的被子还整整齐齐地叠着，她没睡。

二姐让我帮她抄信，交换条件是带我去镇上买小人书，两本。我把条件谈到四本外加一碗胡辣汤之后，才揉着眼睛慢慢抄写了满满两页纸的信。我问二姐为什么不自己写，二姐支支吾吾，开始说打草稿写累了，后来又说手指破了。我抄完之后，已经是半夜了，二姐叠好信纸装进信封，放到了枕头底下。

第二天，我怕二姐耍赖，老早就起来等着她。她倒也没食言，早饭没吃就骑车带着我去了镇上。好久没去，二姐以前租的那间店面变成卖布鞋的了。不过二姐可不是带我逛街的，她把我直接带到胡辣汤摊前，给我点了汤，还加了一个烧饼，让我边吃边等她。我看着她远远地进了邮局，一会儿又出来，把信塞进门口的邮筒。

我大概知道二姐在做一件什么事儿，但是我又不是很清楚。抄信的时候我犯困，二姐也交代我不用写得太工整，所以我只是模糊地知道那是一封写给武进军的信，信里提到了海霞。

没几天，二姐就悄悄走了，只留了个纸条，说跟着学时装设计的同学一起去广东了，算是学有所用，所以让我爸我妈不用担心。我爸我妈怎么可能不担心，就差报警了，可是知道报警没用，只好在家吵了一架，互相埋怨——我爸说我妈太惯着二姐，所以她才这么无法无天；我妈觉得我爸没上心给二姐找个好媒人。吵到最后，他们俩都觉得二姐离家出门打工是对方造成的，这才作罢。

二姐出远门的那天中午，海霞来找她。海霞红着眼睛，进门的时候甚至哭哭啼啼的，得知我二姐早晨走了，她站在那儿愣了好半天。

后来 / Later

如今，我二姐早已结婚生子，巧的是，在广东辛苦打工好几年之后，回来还是在镇上开了个店，卖服装的。海霞那次哭着来找二姐，自然是因为失恋了。后来她远嫁外省，几年后离婚了，带个孩子回来。谁也不知道怎么回事儿，俩人又慢慢亲密起来，一见面就聊个没完。有一次跟二姐聊天，我试探着问起当初那封信，她一脸真诚的迷茫，显然是早已经忘了。

小爷爷

爷爷这个词，对我一直有一种诡异的疏离感。我从来没想过，有一天我竟然会为他写一篇文章，因为我压根儿就没见过他。别说我没见过，连我爸对他都没印象，因为我爷爷去世的时候，我爸刚出生一个多月。

当一个称呼连练习的机会都没有，那他再亲切再血缘，也只好眼睁睁任由他陌生下去，直到慢慢想不起来。

我没开口喊过爷爷，但是当别人揪着自己爷爷的胡子撒娇亲昵耍赖生气的时候，我也会眼馋。对于我爷爷，我想象很多，了解很少——我只知道他当初是个有点儿文化的地主，家里有几十亩地，还当着几个村唯一的学校的校长。当年他离奇失踪的时候，跟他一起走的还有一个小他四岁的兄弟。大概就这么多。

后来，当然是很远很远的后来，远到我爸都中年了，我都读初一了，我爷爷的那个兄弟突然冒了出来——他竟然是从台湾回来的，而且是衣锦还乡。这是一件轰动全县的大事，大到他回乡第一站不是回家看以前的老婆和儿子，而是作为县领导的座上宾，上了县电视台的新闻，整个过年期间一直都在滚动播放。直到县领导最后确认他的确不是嘴上谦虚，而是真的没有能力在县城投资建厂，这才放他回家探亲。

对于上电视这种虚名我父母是不太在意的，他们艳羡的是我爷爷的那个兄弟是回来光宗耀祖的。他给儿子一家带来的荣耀和好处显而易见，他第一件事是找了一个施工队，将祖坟翻修得庄重大气：坟堆高耸、青松围绕、花圈堆叠、墓碑林立。上坟认祖归宗那天，比车轱辘还大的一团鞭炮从家里一直放到墓地都还没完。他还给儿子一家带来一台我们听说过却没见过的大屏幕彩电，家里女眷每人一个金灿灿的戒指。此外为了弥补抛妻弃子背井离乡再娶又生的愧疚，据说他还给了一大笔钱，数字传来传去，上了五位数。

可是用我奶奶的话说，他算什么，论知识论胆量论头脑，论什么他也是你爷爷的跟班。他自己说的，他在台湾不过是靠帮人写信、卖春联、打短工过日子，攒了半辈子钱才回来一趟。嘁，卖春联，就他那毛笔字，当年他给你爷爷磨墨，你爷爷都嫌他粗手笨脚。

我奶奶的意思是，如果当初我爷爷和他一起去了台湾，以我爷爷的才华，如今接受全村人眼红的主角，肯定是我们一家。可事实不能更改，我爷爷当初半路忍不住想念，为了回家再看看还在襁褓里的我爸，付出的代价是神秘的、悄无声息的消失，连一块安身的坟地都没有，留下供我们凭吊、怀念的寄托，就只剩下一张照片。

我奶奶悄悄给我看过我爷爷的照片，那张小得连我的巴掌心都盖不全的黑白照片上，我陌生的爷爷年轻帅气得让人不敢直视。他戴着礼帽，身着长袍，眉头轻皱，满脸的书卷气，一身的文质彬彬。我爷爷眼睛看向斜前方，眼神里有警觉、憧憬、迷茫和一些忧伤，多看几眼，会感觉照片在放大，让我觉得自己完全被目光笼罩，莫名开始黯然。

几乎是一瞬间，那个陌生的、遥远的、冰冷的爷爷，突然间就在我心里温热起来。就好像我爷爷还活着，坐在院子里的阳光下乐呵呵地看着我呱呱坠地，咿呀学语。只是这么多年他一直在外，没能陪我嬉闹，没能教我认字，没能任我缠在他身上淘气。我忽然觉得之前的十几年，我对我爷爷太冷漠了，即使他的消失让我爸爸多吃了很多苦，他到底在这个世界上存在了三十多年，还做了一些轰轰烈烈的事儿，影响了许多人。就像他从这个世界已经消失了近五十年，还是凭借一张小小的照片就穿越时空俘虏了我。

嗯，我爷爷其实没有从这个时空彻底消失，他留下了我爸，然后我爸又有了我们，还有我多年后用他最重视的文字，为他写一篇文章。这，是不是传说中的血缘的绵延魅力？

就是从那一刻，我开始对我爷爷充满兴趣。我闹着我奶奶，让她跟我讲讲我爷爷。虽然她拿着照片的手已经开始抖了，看照片的眼里慢慢湿了，但拗不过我，奶奶还是零零碎碎说了一些。

我喜欢我奶奶说的那些，和我平日里偶尔从叔叔大爷那儿听来的只言片语结合起来，让我爷爷越来越清晰，越来越像真的。他如果活到现在，有八十岁了，他胡子会白吗？头发会稀疏吗？牙齿还有吗？那我爸，我，我们，会不会因为他而变得和现在不一样？

当然，一切不能重来，就像我连昨天打破的碗都不能原样恢复。但是我决定了，我要根据照片、闲言碎语，加上我的想象，在心里组装一个我爷爷。我不要求他能给我零花钱，也不要求他给我讲古老的故事，更不会奢望他板着脸训话开导我，我就是想在心里装着他就行，这样我有爷爷，我爷爷。

外貌上想找爷爷的替代品怕是不行了，那张照片里的爷爷，简直弥补了我对我爷爷的所有想象，身边的谁能接近我爷爷呢？即使我爸长得有点儿像，可是表情、眼神、那身长袍和那顶礼帽，罢了，没有人可以神似。

外表没有选择，那就只能补充一下内在，脾气、性格、说话、喜好、特长，可想来想去，我认识的人里面没有能接近我的想象的。那就只能组装，一点一点来，我觉得邻居中华大哥的语气可以拿来一用。中华大哥说话嗓门很大，底气十足，即使是打个招呼开个玩笑，也声若洪钟，还时不时冒出两句古诗词。但是他嘴上有两个缺点我必须摒弃，一个是爱吹牛，一个是爱喝酒，这两个缺点还经常集中在一起，比如在酒桌上——中华大哥酒量一般，可每次喝酒都声势浩大，先利用他的嗓门提升气势，开口就对大家的酒量表示蔑视，无论谁来敬酒或者碰杯，他都示意对方应该先干为敬，然后把他该喝的酒倒进一个海碗里，啤的白的都行，分开还是掺在一起都无所谓。等到酒过三巡，他站起来，当着所有人的面把碗里的酒一口气干了，抹着嘴唇嚷嚷着让大家开始第二轮。其实这一下，他也就喝得差不多了，但是每次这么一下之后，基本上再没人敢跟他喝酒，连通关敬酒的都绕着他进行。

这种招我不喜欢，我知道我爷爷即使喝酒，也肯定不是这个风格。所以我乐意把中华大哥的声音挪到我爷爷的嘴上。

解决了声音，下面是身材。我知道我爷爷的那种修长很难再找到，所以我直接把学校的老师过了一遍，没有。失望时，突然想起了临时来教我们班地理的校长，他最合适，不仅有文质彬彬的背影，还有不错的口才。最重要的，他喜欢旅行，地理课本上的名山大川他几乎都去过，所以上地理课时他从来不带教材，上来就侃他那些旅行经历。说到惊险和绝美的地方，他会用表情配合姿势，让我们宛如身临其境。就他了，校长对校长，我爷爷吃点儿亏，因为我们的校长粉笔字不错，毛笔字一般。

至于手脚，我希望可以借用小利他爸的，因为他四肢既结实又灵活。他最擅长打鱼，撒网、下笼、浑水摸鱼样样精通，还时不时地抓回来几条黄鳝和少见的老鳖，这些既能换钱，也能让一屋子布满鱼香。这让我羡慕，也备感亲切。

至于性格，我想我奶奶的可以挪用。天底下还有比我奶奶脾气更好的吗？她还能把自己的好一点一点聚起来，然后一股脑用到我身上。她对我的要求从不拒绝，却也不纵容。她一个地主家的大小姐，二十出头嫁给我爷爷，风风光光，嫁妆都排了二里多地。谁能想到呢，婚后第二年开始守寡，守了一辈子。我奶奶有洁癖有脾气有故事有苦难，然后安于一间小院，随和淡然一生。

至于特长，我早就准备好了，我希望能加上我文中大爷的记性。文中大爷的脑子可以无限制储存记忆，所以轻易别让他打开话匣子，否则他能从小时候上学一直说到如今汽车火车速度越来越快了。为什么要说到汽车火车？因为他有一门背车站的绝活，无论是他坐过的火车还是汽车，只要他经过的站，都能记住，嗯，是每一站——文中大爷不仅把全国各地的火车时刻表都倒背如流，甚至连每一列火车行驶的时间，站台上哪个特产价格不坑人味道最好吃，甚至火车在哪一站加水、在哪一站调头，他都记得一清二楚。

拼凑出我爷爷的那天晚上，我梦见他了。他轻皱眉头，看着斜前方，不跟我说话，也不笑，只是卷起袖子，提起毛笔写了一句诗：牧童遥指杏花村。

我确定他是我爷爷，因为这是我最喜欢的唐诗，没有之一。

后来／Later

很多很多年后，我凭着一腔少年血性甩了家门出发，在很多城市落脚，又相继离开。可无论我流浪过的广西、福建还是上海、北京，回家过年时去给文中大爷拜年，他都能一一按顺序说出我乘坐的火车站点，停靠时间和当地特产，从没记错过。不过文中大爷每次无论聊什么话题，最后都必定会说起我爷爷，一说就会哭。我问他为什么哭，他只摇头，说三个字：游魂啊。

少年·新鲜

Chapter 4

篇四

那段日子，

有点儿咸、有点儿甜、有点儿酸

所以滋润出来的触角都奇怪难辨

听说，那叫懵懂

小奇遇

我知道，无论我如今怎么解释，已经没人相信我的确遇到过那只兔子了。

可是那天我真的遇到了，当然，重点不是我遇到了那只兔子，而是遇到兔子后的那段奇遇。可是无论我怎么急赤白脸地力证，但在别人眼里看起来，我都像是在讲一个蹩脚的童话故事，再说我也的确没有任何证据，这让一切看起来真是百口莫辩。

那只兔子个头倒不大，只是有点儿肥，一身浅灰色的毛，看起来柔顺光滑。那天下午第一次看到它时，我正百无聊赖地在田间的田埂上溜达，一边晒着冬日的太阳，一边想着这个漫长的下午该拿什么来打发。我一直啃着我右手的拇指，那是我的至尊美味，所以啃到了八岁，也没彻底改掉这个习惯。那只兔子看起来不像野兔，因为田里的野兔非常警惕，难得会让人看仔细就溜了，再说野兔身上的毛也短一点，为了生存也不可能让自己吃得那么肥。但是它看起来也不像家兔，邻居小四家有一大群家兔，大大小小都住在床底下的洞里，太阳好的时候老兔子会带着小兔子出来玩儿，排成队，一长溜全是雪白雪白的，红眼睛，竖起来的耳朵里面是粉色的，血管都看得清清楚楚。而这些特点，那只兔子统统没有。

后来小利一副事后诸葛亮的样子，肯定地说："《西游记》你不是都看过好几遍了吗？那肯定是个兔子精，幻化成一个好看的兔子来专门迷惑你这种幼稚小孩的！"小利说这句话的时候，像个大人般语重心长言之凿凿。当然，听起来他的这个说法似乎也有点儿道理，因为之前我奶奶和我妈就每天都不厌其烦地叮嘱我："没事儿别出门胡乱瞎跑，特别是没人的旷野地里，千万不能一个人去玩儿，那些妖魔鬼怪狐狸精就喜欢吃嫩小孩！"

我虽然算不上白白胖胖，倒也算得上粉粉嫩嫩，放进任何一个鬼怪故事里，都能算得上是妖怪们的一顿美餐。所以这下她们都觉得自己赢了，因为前有车后有辙，警告过无数次了我还一个人往外乱跑，被那些妖魔鬼怪招惹了吧！

但是当我回想自己看到的那只兔子时，我还是觉得眼前一下就亮了，当时哪管得了我奶奶和我妈的那些叮嘱、告诫，它们统统随着脚印忘在我身后了。我当时只想着把这只兔子抓回家，能秒杀小四家那群土了吧唧的红眼睛家兔。于是我蹑手蹑脚地靠近兔子，还猛地扑了一下，但是没扑到。那只兔子只轻轻一蹦，然后蹲在我面前不远处，不停地互相搓着两条前腿，搓完了又轮换撸了撸两只耳朵，一脸都是嘲笑我的表情。兔子看起来一点儿都不怕我，打扫完自己就探下身子，四爪着地，还朝我抖了几下耳朵，带着我往荒郊野地里缓慢地走。

等我觉察出不对劲时，兔子突然没了，眼前出现一个老头，我看不出来他有多大年纪，反正头是光的，一把灰白胡子飘在胸前，手里还拄着拐杖。如果我站在他面前，手里再捧上两个寿桃，身后蹦起一只鹿，那看起来就是家家户户都会挂在中堂的福禄寿年画了。

老头一脸是笑，慈祥地跟我说："小家伙，你现在最想吃什么？"

听到吃，我把拇指很熟练地塞进嘴里，没想到拇指上沾着刚才扑兔子未得逞而留下的一根麦苗，还有星星点点的泥土。我"呸呸"了两声，但没忘记回答老头的问题，小声说："我最想吃兔腿儿。"

老头哈哈大笑，捋了捋那把白胡子，然后用右手的拇指和食指轻轻打了个响指，我眼前瞬间就慢慢地展开了一幅画，画上是两只肥大的兔腿，红彤彤油汪汪的，还冒着热气，我吸了吸鼻子，香味儿扑面而来，又热又甜，让人窒息。可是等我忍不住伸出手去拿，一切就突然间都消失了。

“你还想吃什么？鸡腿？”老头又要打响指，我急忙说：“猪尾巴。”

我还真是笨，这么好的机会怎么能说吃猪尾巴呢？那是猪用来赶苍蝇的，多恶心。

可是来不及了，老头又打了个响指，十条刚出锅的猪尾巴焦红焦红的，看着就让人流口水。我其实并不知道那是不是十条，我瞎猜的，十全十美嘛。但我开始学机灵点儿了，这次没伸手，而是盯着老头的右手，可怜巴巴地说：“您，能不能让我也能打个响指，就可以想看什么就有什么？”

这下老头脸上没了笑，他一字一句地说：“可以，但以后你就不能再吃你的手指了。”

跟兔腿和猪尾巴比，没滋没味的手指头算什么？我果断狠狠地点了点头。

老头拉过我的右手放在他的手掌心，伸手扯过一绺胡须，往我的拇指上来回掸了掸，我立马觉得不仅手掌麻麻的，连浑身都又酥又痒。

老头见我只顾低着头看着自己的手指，笑着说：“你试试看。”

我仍旧盯着自己的右手仔细看，我没觉得那五根手指有什么不一样了，可是却的确又有点怪怪的。我小心翼翼地用拇指和食指一摩擦，轻轻打了个响指，嘴里同时念叨说：“我想吃——烧鸡！”

马上，我眼前就慢慢展开了一幅画，画中央真的是一只又肥又大的烧鸡，黄灿灿的。我咯咯笑着看了好久，然后才想起扭头向老头邀功，可是老头忽然就不见了，我不知道他什么时候消失的，就像他怎么突然出现的我也没弄明白一样。但我没顾得上去细想，也没试着去找他，我的心思全在那只被我打响指打出来的烧鸡上。

要烧鸡我可是仔细花了心思的——小利曾经跟我炫耀过无数次，说他在县城他大姑家吃过最好的烧鸡。他每次说的细节都不一样，可他实际上只吃过一次。但就是这一次就不得了了，因为无论什么时候，只要说到吃，他还是会因为吃过烧鸡而成为焦点的。

现在我知道，我的这只肯定比小利说的那只好。虽然我没有见过他姑姑家的那只，也没有什么根据，但我那一刻就是那么自信。

回家的路上，我打了无数次响指，先后看了红烧肉、炖猪蹄、红烧鲤鱼。巧的是我快到家的时候还遇到了来找我玩儿的小利，他正啃着一块夹着辣椒酱的馒头，于是我给他重现了一次烧鸡，他看着看着，开始狠狠地咬手里的馒头。我还大方地让小利点菜来看，然后他点了红烧排骨、鸡蛋羹。

当我再也想不起该看什么时，我到家了。我妈见我一直举着右手发愣，笑着说：“中邪啦？”我妈跟我开玩笑也是件很奇怪的事儿，因为平日里我妈见我一身土满脸灰回家，总是先大骂一通的。

“你四爷爷今天打了只兔子，送了半只过来，给你留着个兔腿呢。”我妈在我后脑勺上轻轻拍了一巴掌，“把手洗干净了再去吃！”

听到兔腿，我才觉得自己饿了，而且是极度的饿，饿得前胸贴后背。但我还是听我妈的话，仔细地把两只手洗得干干净净，连每个指甲缝都没放过。每次要吃好东西之前我都喜欢这样，因为感觉这样有一种仪式感，虽然代价是要多吞一会儿口水。我看了半天的烧鸡猪蹄红烧肉，可那些都是只能看不能吃的，只能馋自己。于是洗完了手，我什么想法也没有，一心只顾着啃兔腿，直啃得满嘴满手满脸都是油。

连打了三个饱嗝之后，我忽然觉得有点儿不对劲，哪里不对劲儿？想了半天才想起，我现在可是有一手绝技的，我可以打一个响指，就让全家人都能看到烧鸡。这不是童话故事，也不是妖魔鬼怪的把戏，是我的一场奇遇！

可那天晚上，我在全家人面前把手指都快磨烂了，也没有弄出任何一幅画出来。一直到第二天，我不死心，还在试，响指打得两眼发直，可一切还是没有发生。

当然，全家没一个人相信我的鬼话。正好小利来了，我让小利给我证明，因为昨天回来的路上他亲眼证实过，甚至点头默认了他看到的那只烧鸡的确比他姑姑家的要更大更好。但是小利竟然拼命摇头，坚决地说他没遇到过我，还说如果不是我在说梦话，就是让兔子精给勾去了魂儿。

我妈和我奶奶更加确认我招了不干净的东西。见我还是满脸焦急，不死心地继续打响指，她们俩联手，生拉硬拽把我弄去大门外的十字路口叫魂。嗯，她们认为荒郊野地的妖魔鬼怪真的勾走了我的魂。

从那天开始，很长一段时间里我都沉默寡言，整天耷拉着脑袋，跟谁也不爱说话。不是我不想说话，我是一直在分析，这一切到底是怎么回事儿。

最后我明白该怪谁了，怪我妈！因为那天我回到家，是她让我把手洗干净了去吃兔腿的。把、手、洗、干、净，这就是罪魁祸首！就是因为那次洗手，还洗得那么干净，之后我才没有再打出过一张画儿来。

是的，是我妈，她把一切都毁了。也正因为此，有好多天我都没理我妈。因为那次洗手，我心有小小的长长的埋怨……

后来 / Later

如今回想起来，我当然不相信我真的碰上了妖精。最合理的解释是我在一个饿着肚子的下午睡了一觉，做了一个长长的梦。可是没想到一梦醒来，我已经变成了大人，一个不再相信这个世界会有奇遇的大人。

小恐慌

消息传到我们班的时候，尽管下面一节课是班主任吴老师的语文课，大家还是抵挡不住好奇心，瞬间开启七嘴八舌模式。直到“当当、当当”的老师进班铃响起，吴老师的脚步声到了门口，教室里一直热烈讨论的嘈杂声才突然熄了，可马上又换成一种令人心慌的寂静。

对教室里诡异的气氛，吴老师也有点儿惊诧，站上讲台愣了两秒才喊：“上课！”

那节课上，尽管小利和我是紧挨着的同桌，我们俩还是传了整整一节课的纸条。当然，内容都是关于课前听到的那个消息的——有人说村西头十字路口的大桥南边，有一棵大柳树上挂着一个妖怪。妖怪脑袋前后有四只眼，两条胳膊比腿还长，屁股后头还长着一条蛇一样又软又长的尾巴。不过妖怪刚生下来就被弄死了，挂在十字路口通风晾晒，据说这样就能彻底灭了他的妖气……

纸条上我们刚开始还探讨消息的真假，怀疑这个世界上到底有没有妖怪，可传到最后，纸条上面只有一个字来回增加："去？"

很简单，消息的真假、妖怪的有无，只有亲自去看一眼，一切才能真相大白。我和小利谁都希望对方把"去"后面的问号拉成感叹号，但是谁心里都害怕，那可不是以前去看的狐狗、青蛇之类的动物，而是妖怪。妖怪可太不一样了，弄不好会吃人的！

最后，眼看吴老师开始收拾课本和教案准备下课了，我一闭眼一狠心，在纸条上使劲儿一划拉，这样就变成："去？""去！"

下一节是自习课，机会难得。再说这种事我不出马，还有谁能去呢？当然小利也够意思，得到自己想要的感叹号后，他立马加了几个字：我跟你一起去！

下课后，我们俩混在疯玩儿的同学中间出了校门，没敢拿书包，怕老师看见怀疑我们俩逃课，也怕有同学见了告密。去看妖怪，怎么能空着手？可教室里没什么趁手的武器，我们自己的木剑、弹弓、链子枪什么的都放在家里，也不能回去拿——这会儿回家，不就是光明正大地告诉父母自己逃课了嘛！于是我和小利捡了些大块儿的石头子儿，装兜里，以防万一。如果真有什么情况发生，我们俩小孩，总不能赤手空拳跟妖怪搏斗吧？

顺着学校院墙根儿走了一段，见没人注意，我们俩才往大路上拐，然后就碰见了鬼鬼祟祟的攀峰。我们眼神一交汇，彼此就都明白了意图。这小子跟我和小利一般大，但是总留级，所以我们马上要小学毕业了，他还在四年级，但是攀峰胆子倒是挺大，每次有事他都乐意冲在前面。

现在多了一个人壮胆子，于是我们三个人都觉得妖怪似乎也没传说中那么可怕，再说还是个死的妖怪。

到大桥上时，已经看到站了好多人了，他们明显属于大人里胆子比较小的，都踮着脚尖往桥南边的那棵大柳树瞅，叽叽喳喳议论，但就是不敢往树下凑。但越是这样的人，越爱看热闹，所以也没人留意我们三个这会儿不在学校跑这儿干吗。

我们站上桥墩先眺望了几下，隐约看到大柳树最矮的树杈那里的确挂了个什么东西，但实在看不清是什么。稍微踌躇了一会儿，我们三个就觉得还是应该凑近了去看，既然来都来了，还逃课来的，不弄清怎么回事儿，回学校都没法吹牛。于是顺着大桥往南走，人越来越多，我们的脚步也越来越慢，三个人在比赛谁步子小似的。他们俩怎么想的我不知道，反正我还是挺怕的。听说妖怪其实不分死活的，它们打通了两界，随时可以复活，而且吃人喜欢先吃小孩儿，因为味道好哇！所以我让攀峰走在最前面，我在中间，小利一贯有点儿怂，他随后。

近一些，已经能看出树上的确挂着一个婴儿，还有人拿着棍儿在戳他。我明显感觉呼吸有些紧，仿佛离那棵树越近，空气越稀薄。看来，妖怪的气场果然很强啊！

就在我们已经来到看热闹的人群外围，下面只要发挥身高和瘦小的优势，就能很快挤到热闹的最中心。可不幸的是，我们很快竟然被攀峰他爸发现了。攀峰爸是我们学校的老师，教一、二年级的数学，虽然已经不带我们三个人的课，可是看到老师，还是自然地会紧张。

攀峰爸先看到的攀峰，他在人群的第二层，本来正仰着头、伸手指指戳戳树上然后双臂抱在胸前跟身边的人说笑，忽然一回头看到攀峰正准备矮下身子往人群里钻。他立马定睛细看，发现的确是我们之后，他眉头一皱，冲着攀峰呵斥道："你不在学校上课，跑这儿来干什么！"

攀峰的脸色"刷"一下就白了，他本来就因为总留级时常被他爸揍，现在逃课还能被逮个正着，实在是点儿很背。好在现场人那么多，攀峰爸倒也没动手的意思，而且看到我和小利也在，他就把疑惑的眼神转向我们俩。

"吴老师……让我们去三侯小学……拿东西，我们俩怕抬不动……课间碰到攀峰……知道他下节课、是自、自习课，就、就让他来帮忙。"我结结巴巴地撒了个谎，顺便帮攀峰解围。攀峰爸似乎也信了，胳膊一抬，说："那你们别从这人堆里过，绕着田里的小路走，别瞎看，这热闹不是你们小孩儿看的。”

攀峰到底怕他爸，所以马上朝他爸点头，然后对我和小利说：“那你俩去拿吧，我回去上课了。”说完一哈腰，拐弯找到田里的小路，往东一溜烟儿回学校了。我和小利对视了一眼，为了把谎圆了，我们俩往西走了一段，然后才挑另一条路绕了一圈回去了。其实我俩本来想找机会再钻进人群，可是怕攀峰他爸如果再看到，回头跟吴老师一说，就都露馅儿了，只好心有不甘地回了学校。

那天，整个校园都被妖怪这一个话题高占头条，大家把传言越说越邪乎。我们班的同学听说我和小利去看妖怪现场了，呼啦一下把我俩围了起来求证。我说我不敢保证那是不是个妖怪，离得远，也没法验证他是不是有四只眼，但可以肯定的是，他没有蛇一样的尾巴，双手也没什么不正常，看起来和普通的婴儿差不太多。

可说实话的结果是根本没人信我们俩所说的，他们都觉得我和小利是胆小，根本没敢靠近了去看。我们俩因为自己的确有点害怕，加上最后也真的是没有再靠近一点看，所以有点羞愧，都没有去质疑他们的逻辑——他们连去附近看都没敢啊。

下午放学时，等在教室门口的攀峰带来的已经是这样的故事版本：据说那个妖怪两个手心各长三根红毛，两个脚掌心各长三根黑毛，这是方圆百里最厉害的妖怪品种。他一生下来就能跑能跳，带着一身羊水就蹦房梁上去了，因为他要先晾干自己。先晾手心，手心的红毛干了就能腾云驾雾，再晾脚心，脚心的黑毛干了就能呼风唤雨。最后，一旦全身的羊水都干了，他就饿了，就要开始吃人，先吃爹后吃娘，之后，先小孩后大人，一个一个吃，直到最后全村被吃光……

我听了后背一阵发凉，浑身发紧，已经来不及思考这个“据说”的合理性。本来我和小利还商量着，等放学后回家带上木剑、弹弓和链子枪，再找机会去近距离看一下。现在听攀峰面带惊恐这么一说，我问他们俩还敢不敢再去一趟那棵大柳树下看看，俩人的头摇得像拨浪鼓一般。

那天放学之后，我们成群结队回家，然后各自都是一路小跑着进了自家院门。一直到晚上，我也没敢出门。我盼望着我爸我妈在饭桌上能透露些什么，可是没有，他们连平日里天天会聊的家长里短都没说。后来我想从我大姐二姐那儿寻找一些状况，可是她们俩也有点反常，平日里连饭都堵不住嘴的二姐那天都一言不发，看起来似乎中学里压根儿不知道妖怪这件事情。

吃了饭，洗了脸和脚，我心不在焉地做了作业，之后上床睡觉也没敢熄灯。我在被窝里煎了一晚上的烙饼，翻来覆去睡不着，也不敢闭眼。后来迷迷糊糊到底还是睡了，然后一直做梦——先是梦见自己今晚做的作业被吴老师批改了，连续三页，每页都是大大的红叉和惊叹号。之后继续梦，梦见自己早晨醒来，一伸手，两手手心都长着三根红毛，吓得自己赶紧掰脚掌来看，两个脚掌心竟然都长满了密密麻麻的黑毛……

我把自己吓得哭醒了。窗外的天色还没亮，我默默躺着，用枕巾擦眼泪。我知道，床边就是我家衣柜上的大镜子，一回头就能知道自己变成了什么样。可我一直面壁躺着，坚决不回头，一动也不敢动……

后来 / Later

这事到现在都是一个谜，我后来不止一次问过父母，他们显然忘了有过这么一件轰动全村的大事儿。我妈用猜测的口吻说，是不是谁家运气不好生了死胎？这种倒是会挂在路口的，晒晒晦气，这样以后就顺了。我宁愿这就是最终的真相。可直到现在，哪怕那条路是去镇上的必经之路，哪怕那棵柳树因为修路早就被伐掉了，可每次路过，我都目不斜视，呼吸急促，浑身僵硬。

小荒唐

吴文化竟然挑中我作为阿芳的搭档，代表学校参加全镇中小学清明节扫墓的朗诵大会，我当然受宠若惊！这要是前几年，我当仁不让啊，可如今“泯然众人”了不是。再说了，阿芳是谁？巩沟中心小学新晋当红炸子鸡，语文、数学两门主课全校第一，唱歌、跳舞、朗诵都代表学校去镇上参加过比赛，另外她还是全校开学典礼和毕业典礼的双料主持人。

按惯例，清明节朗诵大会的标配从来都是一男一女，这个全镇中小学最盛大的活动，能代表学校朗诵的都是尖子，所以看着是表演，实际上是比比赛还紧张隆重的斗秀，是每个学校软实力的最佳体现。

第一天排练，我就看出阿芳眼里的不屑。我知道，她觉得我的分量配不上跟她搭档，可是没办法，是吴文化选我的，不是我死乞白赖求来的。可阿芳一有机会就向吴文化表达不满，她说我衣服有点儿土，起码应该白衬衫蓝裤子，还说我个头比她矮，还嫌我朗诵的词儿没全背下来，还有，我嗓门小、声音尖，一点儿也不浑厚……其实这些我都好解释，我衣服土应该怪我妈吧？我个头矮，谁让她比我大两岁呢？我又不是种子选手我着什么急背词儿？再说了，我声音小是好久没出这么大的风头，所以没了自信，我声音不浑厚是因为我还没发育好吗？

可吴文化根本没给我解释的机会，直接命令我："回家找一套新衣服、三天内把词儿背熟、再练练嗓门儿，个头……就这样吧，你得加倍努力啊！"

我只好无奈地点点头。

背词儿不是问题，放学后带着朗诵词上了树，一个傍晚我就背得滚瓜烂熟。迎着夕阳和微风，我的嗓门自然就大了起来。虽然自信不是一天就能找回来的，但我想象着面对几千名学生，那感觉相当不错。我知道，只要愿意，我能拿出最好的状态，既配得上阿芳，也对得起吴文化重新给我的机会。至于新衣服，解决得相当顺利，我妈听说我要跟阿芳一起代表学校朗诵，一高兴竟然第二天就去镇上给我买了一套白衬衫蓝裤子，还额外加了一双我讨要很久她也没舍得买的白色回力鞋。

只是那天晚上有点儿节外生枝。饭桌上我妈一直唠叨着我要代表学校朗诵的事儿，话里明显都是对我浪子回头金不换的欣慰和惊喜。我二姐在竞争代表她们中学朗诵的过程中败下阵来，原因是音乐老师觉得她脸比另外一个女生大，这让她很是受辱，一晚上皱着眉头一声不吭。我妈夸我一句，她就偷偷甩给我妈一个白眼儿。

我爸疑惑道："代表学校去扫墓？给谁扫墓？"

"就是隔壁三侯村那个烈士，年年清明都来这么一出，敲锣打鼓一整天的。"

"去给侯老二扫墓？"我爸咬了一口馒头，面不改色，但我听出他话里有话。

"他是什么烈士？当年就是个地痞流氓！"我爸"哼"了一声，抹掉嘴角的馒头渣，有点愤然地转头对我说："你爷爷他们兄弟几个当初没少被他祸害，你做小买卖他就敲竹杠，你开个油坊他别着把土枪来收保护费，你爷爷当个校长他都到学校占了几间房。后来学生多了让他腾房，他跑去告发，说你爷爷私藏了十几条枪，要带着学生造反。你爷爷连枪都没摸过几回！听说你爷爷失踪那天夜里就是他带人绑走的。"

我发誓，从我有记忆以来，我爸从来没有跟我一次说过这么多话。我不知道这代表什么，到最后他也没总结出一句什么，但我悄悄地明白了他的情绪。

第二天我去找吴文化，告诉他我不参加朗诵了。吴文化一脸的奇怪，想来也是，我竟然敢拒绝这么一个光荣、重大、绝无仅有的好机会。

吴文化问：“为什么不参加了啊？”

我说：“我衣服土，又比阿芳矮，词儿也没背下来，嗓门小声音也不浑厚，还是换别人吧。”

吴文化乐了，“还有三天就清明了，现在让我换谁也来不及啊。你是不是自尊心受到打击了？你是我挑的，选你不是因为你个头高、嗓门大，而是你有经验，上过舞台，底子摆在那里，你不用自卑。你这身衣服就不错，可以直接穿上台。”

我暗暗后悔不迭，责怪自己臭美，一大早就把白衬衫蓝裤子穿上不说，还把回力鞋也套上脚了。连吴文化都破天荒鼓励起我了，我不知道怎么拒绝下去，只好说：“那你不怕我在台上要是出丑，会给你和学校丢脸？”

吴文化重重点头，“我对你有信心，你有这个底蕴！”

那我就没办法了，不是我求着吴文化让我上的，也不是我故意要跟阿芳作对，是他们逼着我没法后退。那篇矫情的朗诵文章我早已经背得滚瓜烂熟了，而且声音可大可小，嗓门自如控制。再排练时，连阿芳都对我刮目相看。

清明节那天，学校瞬间到达了沸腾的状态。仪仗队敲锣打鼓，吴文化不知从哪弄了一根白色棍子，怪模怪样地上下晃着，让仪仗队跟着节奏演练。全校学生都穿上新衣服，是不是少先队员都系上红领巾。大家在各个班的班主任的引领下，举着花圈、扛着红旗、戴着纸菊花，按顺序进场。这是精神面貌的体现，在学校的操场就已经演练过很多遍了。我和阿芳最好笑，被一位年轻的女老师摁着往脸上扑了粉，还在两颊抹了红脸蛋儿。站在全校队伍的最前面，我扛着校旗，阿芳举着一个青松扎成的圆圈，不知道是什么意思。全村老少挤在路边看，像过年等唱戏一般。

各个学校的朗诵顺序现场抽签决定，抽完签，吴文化圈起食指和拇指，让其余三根手指笔直地散开着，我知道这是 OK 的意思。他满脸兴奋地跟校长汇报之后就跑来告诉我们，他抽到了最末一位，这是绝佳的上上签——因为最后一个最容易给人留下深刻印象，前面朗诵得再好，到后面也差不多忘了。

其实，朗诵大会的真实情况是这样的：台上的人举手投足都意气风发，为了情绪饱满必须声情并茂甚至声嘶力竭，而台下嘈嘈嚷嚷，说说笑笑打打闹闹。以前我在人堆里最兴奋，但今年不行了，我像个木偶，被安排在学校代表的最后一席，面无表情。我不紧张，也不兴奋，就像坐在树杈上看着夕阳一样，脑子是放空的，发呆走神，惬意轻松。

终于轮到我们学校，我跟着阿芳笔直、挺拔地走上舞台。奇怪，我竟然能看到阿芳头顶那根昂扬的马尾辫，难道这几天我长高了一截？

最后上台朗诵总是最受关注，但是希望大压力也大，用吴文化战前动员的话说，不是在压力中精彩爆发，就是在紧张里丢盔弃甲。

我知道，最终的结果必定会轰动全场，因为我注定会再次成为主角!

朗诵由阿芳开头，她情绪非常饱满，脸上的崇拜、悲痛、尊敬、憧憬之情真实、丰富，朗诵的声调铿锵、沉着。显然，她来了个开门红，我都看到主席台上有几位校长满意地点了点头。

可接下来的是，哑火。

我就那么挺拔地站在那里，一声不吭，一个字不念，像一棵枯树。我没有紧张之情，也没有崩溃之色，只是一直微笑着，看着阿芳念完词，又转头面向几千名学生和老师，一言不发。

阿芳明显愣了，开始她以为我是紧张忘了词，还机敏地帮我把第一段朗诵了出来。虽然她很努力，可是后面她补救不了，该我说的那部分词她明显不熟，所以磕磕巴巴地朗诵到倒数第三段，她演不下去了。我站在旁边像个桩子，只是半仰头，四十五度仰望着几千人上方的天空。阿芳救场失败，只好低着头捂着脸跑下了台，一头扎进她们班主任怀里哭个不停。

这样的情况很快点燃了大家的好奇，疑惑、议论、笑声，现场越来越乱。无奈，这次扫墓的朗诵比赛就这么兵荒马乱地结束了。

第二天一早，我还没来得及进教室，就被吴文化领进了办公室。见我进去，办公室里的老师们都笑了，可吴文化一直黑着脸。

吴文化说：“你现在是全镇名人了，我成了全校罪人。”

我低着头，不说话，一直用脚上的鞋蹭地面。

“你说说怎么回事儿？好歹我也得给校长一个交代，不能不明不白地丢人啊，亏我这么信任你！”

我继续蹭地面，回力鞋可真好，那片地被我蹭得光洁发亮。吴文化终于怒了，一把拽住我的衣领往后推，又拽了回来，“说，到底怎么回事儿！”

无奈，我只好说：“排练的时候背得好好的，我也不知道怎么一上台就忘词了。可能是太久没上台，现场人又太多，我从没见过这么多人听我说话，吓忘了。”

“吓忘了？忘词了你还一直笑？你是不是成心想让我出丑?!”

“真没有，吴老师，我忘词了不笑怎么办，难道哭啊?!”

“你倒是没舍得哭哇，人家阿芳回家可是哭了整整一晚上。对她来说这是奇耻大辱你知道吗，今天她都不愿意来上学！”吴文化无奈又愤怒，可是当着那么多老师，他摩拳擦掌了半天也没好意思动手，最后只好无奈地一挥手，“上课去吧，自觉一点儿，把座位搬到最后一排去，写检查，要深刻一点！什么时候检查通过了，什么时候回原位坐。”

后来 / L a t e r

很多年之后，有个长辈给我澄清，我爷爷的死跟侯老二其实没什么关系。但很多年之后，侯老二的烈士身份也反转了，他回归到了流氓的队伍，而学校的清明节扫墓活动早就转到了县里的烈士陵园。可这一切留下的记忆，有时我都不确定它到底有没有发生过。

小鄙视

只有我自己知道，赛狮和赛虎这两条狗对我有多重要。我从来没把它们俩当成宠物，而是当作小伙伴。我所有的嘚瑟，机会几乎都来自赛狮和赛虎，因为带它们俩出去实在是太拉风了——身材高大，站起来前腿就能搭我肩膀上，跑起来威风凛凛，耳朵个个竖立着，尖得像刀片，眼睛清澈灵动又犀利无比，这些几乎都是狼狗的纯粹血统特征。

赛狮和赛虎跟着我在村里走一圈，我能收集一大口袋羡慕嫉妒恨。

可是我读初一那年，赛狮丢了。那年赛狮和赛虎已经五岁了，正是一生中最强悍、健壮，也是最威风的年纪。我去上学时赛狮偶尔会赖在我身后不肯回家，一直跟到学校门口，把门卫吓得躲在传达室里不敢出来开大门。有时我都放学回家了，一出校门，赛狮会突然从草丛里蹿出来，直扑到我身上又舔又抱，把女同学吓哭过。后来我因此被老师警告，再出门上学时，只好把它拴起来。有一天我都走到半路了，忽然听到身后呼哧呼哧的喘息声，我知道它咬开绳子又跟来了。可是一回头，影子都没有。过一会儿又听到它熟悉的声音，我佯装继续走，用爱臭美的王左的镜子一看，赛狮在路边的草丛中探头探脑地跟着，鬼鬼祟祟很是搞笑。我一步一步严肃地走到赛狮跟前，把手往家的方向一挥，食指伸直，其余四指蜷起，摆成一个方向标。我不说话，只看着趴在草丛里一直弯着腿猫着腰潜行的赛狮。它趴在地上，委屈地瞄了我一眼，开始左顾右盼，妄图卖萌侥幸过关。后来觉得可能实在蒙混不过去了，哼唧了几声，不情不愿地起身往回走，偶尔还慢慢回头，希望我能收回指令。可是我一直站着不动，手也不放下，保持原状。它只好死心，垂头丧气地往家走。

就是那天，赛狮丢了，不知道谁偷了它。因为赛狮不可能迷路的，你蒙着它的眼睛在村里绕十圈八圈它都能找到家的。赛狮丢了之后没几天，赛虎也出事了。那天夜里，我妈睡觉如此灵动的人，也不过听到赛虎低低地哼唧了两声。第二天早上，赛虎躺在院门后面，口鼻都是血，已经死了。它先是被偷狗贼下了药，药性完全发作之前，赛虎爬到门后，让自己卡着门柱，直到偷狗贼拽断了它脖子上的绳子，才放弃了。

接连出的这两件事，我弟弟哭得上气不接下气，天塌了一般。我没哭是因为我还抱着最后一丝幻想，我眼巴巴地等着奇迹出现，希望赛狮是狗迷心窍，觉得在我们家实在待腻了，出去野去了。或者它是被一条母狗骗走了，过一阵儿就会良心发现自己会找回来的。可是直到今天，赛狮都还没回来。

我不知道赛狮赛虎在生命的最后时刻在想什么，我想它们即使不抱怨我，对我这个人类也肯定还是会鄙视的吧。它们那么放心地把一辈子交到我手上，可是就得到这样的结果。即使我找出一堆类似“我读初中了，不能总带着它，也没法一天到晚保护它”“防火防盗防不了半夜三更的偷狗贼”这样的理由，可是我知道，即使它们能原谅我，我也不能原谅自己，从来没有。

那之后，我家很长时间都没再养狗，因为什么狗都不可能替代赛狮赛虎，它们从我八岁陪到十三岁。再说，我也不想要什么代替。可是家里不能没有看门的，所以来年春天，我妈养了几只鹅，因为鹅也能看门守院。我妈说，如果家里有陌生人来，鹅甚至比狗还灵敏，脚步声没到院门口它们就开始叫嚷起来了。

后来，那些圈在院子里的鹅的确很尽职，看门功能是有的，但副作用也很大——它们不像狗，狗知道谁是主人谁是陌生人，所以会有选择地嚷嚷。鹅不管这些，它们也没有能力分辨，只要听到异常的动静，哪怕只是有人路过我家门口，它们也会立马朝天伸直脖子疯狂叫唤，直吵得四邻不安。

这还只是噪声而已，更严重的是如果不注意让它们跑出家门，那可麻烦了，大人嫌弃小孩遭殃——它们见谁都会低下凸起的红色额头，张着嘴，匍匐着脖子边跑边追，别说陌生人了，就连我都被它们拧过不下三次，每次都又黑又紫，疼上好几天淤青才能慢慢消去。

不过我并不生气，依旧每天宠着它们，我吃稠的不会给它们稀的，我吃荤的不会给它们素的。它们凶归凶，倒也尽职尽责，秋天一到，还先后开始下蛋，一个鹅蛋有我两个拳头那么大，我想拿稳得用两只手捧着。

可是中过风的邻居文美大爷很生气，据说因为我家的鹅叫，他又烦出心脏病了，而且家里的麻将局也因为我家的鹅太吵而逐渐招揽不到人来。没办法，我妈把那些鹅连卖加送，陆续都弄走了。远亲不如近邻，总不能因为几只鹅把邻里关系弄僵了，再说还是人命关天的事情。

家里没了鹅，一下清静下来，全家人似乎都不习惯，总显得有点儿手足无措。我和弟弟去上学了还好，我猜我妈是忍受不了家里如此安静的，因为她很快就不知从哪抱回来两条小狗，一公一母，说是家里不能少了看家守院的，另外也为了安慰我和弟弟。

可是我们俩都没领情，因为看到狗，我们只会想起赛狮赛虎，可赛狮和赛虎什么角色？那可是纯种狼狗。这两条土狗，切，一眼看过去就浑身满脸都写着“怂”，我们俩连名字都懒得给它们起，也提不起太大的兴趣去想。

虽然没人理睬，它们倒也自己会找乐儿，饿了就去找剩饭，吃饱了就出门去追汽车。

这两条狗特别喜欢在门口的公路上追车，只要听到汽车喇叭或者油门声，总要出门追一阵子，无论追上追不上，都兴高采烈。即使追车，它们也没有我们想象中的英勇，车速快一些的它们追不上，就在马路上溜边儿跑，然后冲着远去的汽车“汪汪”几声。车速慢的，它们也不嫌弃，一边跑一边扭头看着车，好像给人家带路似的，还摇尾巴，看起来不是追车，而是追着去讨好车。

两条狗不仅怂，脾气也好，即使我和弟弟站在身旁给它们仗势，也从来不和别家狗打架。而且无论白天还是晚上，也不管家里来了熟人还是生人，它们既不警告也不示威，一律摇着尾巴欢迎，还熟络地去闻人家的鞋子，蹭人家的裤脚，像是我家的两位迎宾。连我妈有时都忍不住骂它们俩是废物，真是白养了。

说实话，有一天我突然发现两条狗都高过我膝盖了，而且追起汽车来竟然也有那么点儿风驰电掣的飒爽英姿，我都纳闷儿，它们是什么时候、怎么长这么大的？

可是有一天那条公狗不知从外面吃了什么，回来吃不下东西，还总拉肚子，很快瘦了一圈，喂药也不见好，死了。我妈流了阵儿眼泪，把它埋在院后的那棵泡桐树底下，这事儿悄无声息就过去了。

另一条母狗只是多活了两个月而已，它死于追着车跑的游戏。那天马路上远远传来车喇叭声音的时候，它趴在门后的窝里习惯性抬起头，犹豫了一下。公狗的死让它明显受了刺激，那一阵它食欲下降，日渐消瘦，都懒得走动。但愣了一下，它还是踱出狗窝，加快脚步跑出大门去追车。可是那天不知是它跑得太快了，还是跑慢了被后面的车轧了。邻居给抱回来时，它瘫着，后面的两条腿断了，已经没有力气哀叫。卖狗肉的贩子不知怎么就那么快知道了情况，上门来买狗。他不停地劝我妈，说这狗绝对活不出十天，到时肯定瘦得只剩下一副骨架了，最后你什么也落不着，两手空空，不如现在便宜一点儿卖给我，你拿钱我得狗肉。

我妈看了看那条狗，它一直用自己才能听到的声音呜咽着，间隙里不停舔舐着拖累了自己的大肚子和两条断腿。

我知道，我妈不会卖了它的。

果然，我妈劝走了狗贩子，理由是这条狗没准儿还能活下来。后来，给它抹了药膏，包了断腿，喂了肉汤，但是那条狗到底也没能活下来，断腿之后的第三天，它生下一窝六只小狗崽，惨叫了半夜，还是死了。

第二天我才明白，它被车轧了是因为比以前跑得更慢了，跑得慢是因为肚子大了，肚子大了是因为它怀孕了。

可它明明怀孕了，为什么还去追车？

我只能理解，它是想用这个方式怀念它的伙伴，也是它的丈夫。

我妈对着那一窝六只小狗崽伤心了好一阵子，尽管我和弟弟极力反对，我妈还是让邻居们分着给抱走了，她说不能留，因为看着就忍不住掉眼泪。

我知道，这有可能是我们家养的最后一条狗了。全家人的心都被伤透了，以后谁还会提起要再养一次狗呢？

也罢，被这两条狗鄙视，是应该的，我们的确深深惭愧。而且对它们来说，我们离它们远一点儿，也许更好。

后来 / L a t e r

现在还不敢说那条狗真的就是我们家养的最后一条狗，但十几年来，家里又养了鸡，养过鸭子，养过猪、牛、羊和猫，但再没养过狗。只要提起狗，全家每个人都像犯了错误，不敢看别人的眼睛。嗯，时间的确可以抹去太多东西，但就是抹不去一个生命对另一个生命的亏欠。

小武侠

像是一阵风，武侠小说和爱情小说就用狂风的姿势和席卷的速度，迅速扑过我们学校。风暴过后，所有的树和草都朝一个方向倒伏。嗯，我们都是草。所以，小说在我们当中彻底风靡了。

武侠小说和爱情小说就像树丫一样的指示牌，男左女右，一分为二，划开了两个阵营。

班里最早从谁开始看这些小说的已经找不到开头了，很多人都号称风潮是自己引领的。反正一夜之间，几乎每人桌洞里总有几本。没几个人受得了上一节四十五分钟的课却只能看十分钟的小说，再说还经常有不自觉的老师疯狂拖堂。于是大家各显神通，根据自身特点寻找方法偷看：胆子大的直接把小说套在课本里看，谨慎一点的就把小说包上课本的书皮，胆子小的就只好扒桌缝——桌缝大一点的可以把小说放桌肚里，边装作听课边偷瞄，没桌缝的就用小刀挖一个洞。

一本小说看完了大家互相换，用最快的速度传遍之后，才能有七嘴八舌讨论的效果。没过多久，连班里成绩最好的刘俊洲都沦陷了，每天下课不再小跑着去厕所以便节省时间做题，而是在大家热火朝天地讨论降龙十八掌到底是什么姿势时，在一边悄悄用小动作暗自比画着。

男女生阵营清晰，分界线明显。

男生虽然门派林立一片乱象，但拜在金庸门下的最多，古龙、梁羽生、温瑞安等也各立山头，毕竟萝卜青菜嘛。门派众多的结果，就是大家很快从合作换书看，到了互不服气甚至互相攻击的程度，因为谁都认为自己喜欢的主角最厉害，武功天下无敌，人品江湖第一。可是又没有办法能让不同书里的主角凑在一起来一场华山论剑，最后我们只好各自山头大旗迎风飞扬，慢慢分化成几个小团体，嫌隙渐生，谁也不服谁。

女生也有看武侠小说的，但不是主流。她们主要是传看爱情小说，无论作者是琼瑶、席绢还是岑凯伦，她们分派但不对立，而且无论看什么，大家都几乎没有分歧，互相从不鄙视。

没多久，女生中间还出了一个代表人物，卓丽。她不仅看遍了学校附近和镇上的租书店里所有的言情小说，而且竟然自己写起了小说，据说风格杂糅琼瑶和席绢为一体。开始时她在练习簿上写，写完一本就迅速被班里女生传着看。后来写完了，好事者就把好多个练习簿钉成厚厚的一本，很快就传到外班去了。听说好多人看了时哭时笑，笑时哪怕在课堂上也肆无忌惮，哭的人就哭得稀里哗啦的。卓丽也因此迅速走红，在学校里走到哪儿都有人指指点点，手势和眼神都是敬佩和仰慕，卓丽的情书也很快就收了一抽屉。

我们自然不服，爱情小说，多么幼稚的东西，靠模仿竟然也能全校走红？于是有人就悄悄把卓丽的小说弄来瞧瞧，在学校里流传的已经有三本了，书名都类似《你不爱我天空就流泪》这种风格的。而且几本小说的结尾都是大团圆，差不多都是男主角抱着女主角，或在朝霞中找个山间小屋远避红尘，或在夕阳的余晖里朝大海走去。这些词语看了让人倒牙，再多想就肉麻得能倒吸一口冷气。

这样的书都能让卓丽爆得大名？这激起了我们男生的同仇敌忾，各派别也因为愤愤不平和不甘不屑而迅速消除隔阂，大家统一战线，聚集在“华山”——操场边的小土丘上商量应对之策。

班主任一直对我们班在成绩上的阴盛阳衰颇有不满，而写小说这件事儿我们男生又落在后面了，必须有一招制胜的办法。怎么办？我们也写小说！决议来得出奇地快，而且异常一致。

要写就一鸣惊人，不仅要全校流行，还要能流传到整个镇和县，有一天甚至能走向全国，和金庸他们抗衡，那就最完美了。

为此，我们先花了一个中午的时间，想讨论出一个集体用的笔名。不过人多嘴杂各抒己见，最后也没能统一，只好暂时搁置，转而先商量怎么把小说写了，这才是重头戏。

最好的方式是先分工再合作，这样才能快速写出一部经典、传世、完美的武侠小说，而且也可以体现我们男生的胸怀和集体智慧。主意一定，人马迅速分为四拨，每拨人数不等，由作文写得好的人执笔，武侠小说看得多的人当参谋。

故事主线很容易就得到了认同，因为无论看什么武侠小说，总结起来无非就四个阶段：首先是主人公一家在一个月黑风高夜被仇家满门血洗，然后主人公侥幸逃生。之后是主人公在各种门派习武学艺，吃尽人间各种苦，成为一名高手，不过离江湖顶尖还有距离。再后来少不了奇遇，跌落悬崖获得武功秘籍、偶遇无名世外高人培养、凭人品或爱情获得前辈的倾囊相授、意外获得一众奇怪高手的功力打通任督二脉……这些随便选一个或者都用上，让主人公历尽坎坷之后拥有世间罕见的功夫。然后，主人公在江湖上会遇到爱情、友情、仇恨、财富、功名的各种考验，最终不断成长，报得血海深仇，与爱人一起归隐山林……

故事框架搭建之后，人物姓名、角色关系、故事走向都一一商量好，四拨人分别认领各个阶段，再各自讨论梗概、确定细节，开始动手写。这种群情激奋只有在期末考试前才能在大家身上见到，如今因为一个共同的目标，各门派消除己见通力合作，温馨的气氛融洽得让人感动。

我认领的是第一部分，大家一致认为万事开头难，我毕竟拿过全县作文竞赛奖，虽然是二等，虽然是好多年前，但起码算是有底子的，所以大家都等着我能开出一个好头，后面好续上猪肚、豹尾。

大家主要利用周末和晚上的时间，写好几页就互相传阅，提意见、建议，互相鼓劲儿，看着一个集合了金庸、古龙、梁羽生、温瑞安四个人之大成的武侠小说一点儿一点儿即将成形，每个人都无比兴奋。

计划执行过半的时候，不知道是出了内奸，还是女生怕我们一旦成功就会甩出她们几条街而嫉妒，反正班主任杨峰知道了。在班会上，他满脸严肃，瞪着眼睛看着大家，直到教室里鸦雀无声，他才开始说话，他说得很短，声调也不高，却一个字比一个字声色俱厉。他开门见山，首先讽刺了我们男生集体创作武侠小说这件事情，用的是反讽，“听说我们班要诞生一部能惊天地泣鬼神的武侠小说了，我很高兴，所以压抑不住兴奋，想看看都是谁，干了这么伟大的事情还准备留个假名。”

我们都听出杨峰话里有话，所以不敢作声，看他下面怎么说。

但他很快就脱掉了反讽的马甲，快速摆明了论点论据：“你们这纯粹是胡闹！主笔的几位，你们各科的成绩搞好了没有?! 据我所知，好多同学连几百字的作文都写不好，就开写大部头了——还没学会走的孩子就想跑，结果是什么？听说某些人自认为拿过奖，所以就敢带头写，幼儿园得过小红花是不是就直接上重点大学啊?! 还听说之前就有人写了好几本小说了，到处流传。那我现在告诉你们，这都是笑话！”

每个参与的同学都在用眼神找对方，最后眼神汇集到我这儿。谁都知道杨峰说的是谁，所以我尴尬得后背冒汗，手没地方搁，脑袋也没地方藏，只好一直低头趴在课本后面。

好在讲台上的杨峰开始结束语了：“我也不想调查了，更不想点名，参与的同学下课后自己主动把小说悄悄放我办公桌上，我就当这事儿没发生。”

杨峰没有威胁恐吓，也没有利害分析，可就是这样更让人害怕。所以胆小的人压着下课铃声就把草稿送去了，开始还指责别人胆小鬼的也没挺到第二天，放学前就都缴械投降了。有什么办法，我们的生杀大权都在杨峰手里呢，他一个招呼家长就得来。这是尚方宝剑啊，谁敢惹？

好在，卓丽的爱情小说也没红火太久，我们那部还没起书名、也没能拟好作者笔名的武侠小说胎死腹中没多久，杨峰就收缴了卓丽的那几本小说。不过女生们的表现真是令人刮目相看，先是几位死忠读者代表大家去杨峰那求情，又哭又闹的，后来卓丽也跑到办公室，昂着头威胁杨峰说如果不还她书稿她就退学。

可几个回合下来，书稿到底还是没收了，女生也都消停了。

我们也没能愤愤多久，初二时，整个年级要根据期末考试名次重新分班，“重点班”和“普通班”这六个字一下冷却了教室上空的热量。随着复习的开始，到分班的结束，我们就像梁山上的那些好汉一样，“死”的“死”，“伤”的“伤”，“招安”的“招安”，一切又回到从前。

一群男生和一群女生，像沙尘暴一样，肆虐了一阵，终归又慢慢成为散沙，恢复成普通得不能再普通的中学生。

因为，还有一年，就要中考了。

后来 / Later

很多很多年后，当我把《一觉睡到小时候》送给杨峰的时候，他很快就给我发来短信：“写得还蛮流畅的，也很真挚。不过说实话，我记得当年你写在练习册上的武侠小说似乎更好，语言不错，故事有趣，也很有想象力。那个小说叫什么来着？”

小创业

说起我爸的创业史，不夸张地说，那真是可以用几米长的纸来写，最起码，时间比我的年龄长多了。

在我还没出生之前，我爸就骑着自行车，和一帮叔叔大爷往江苏倒腾棉花，每人一趟都是好几麻袋，回来时再从江苏带回花生。这么一趟来回要三天，赚的差价虽然有限，但我爸说了，总比把希望都寄托在地里强。

我爸种植专业户的梦想是在江苏看到大棚蔬菜得到的启发——葱、姜、蒜是每家必吃，平时买就很贵。我们那儿不是姜的产地，可种葱和蒜不用什么技术，种这些纯属投资小见效快！于是我爸很快就把家里一半的地都种上了葱和蒜。我爸踌躇满志，每天在饭桌上跟我妈吹嘘即将到来的小康生活。

直到那年葱和蒜可以弄上街去卖，我爸才傻眼了——葱和蒜的确很贵，可买的人特别少。想想也是，不过用来调味而已，所以一天下来卖不了几斤。眼看着地里的葱要开花了，再卖不掉就算废了，顶多收点儿质量很次的种子。蒜倒是能收回家，我妈也熬了好几夜，把它们编成大辫子一样，挂满了院墙。但是最后，还是以一地的葱开满了蒲公英一样的白花、满墙的蒜陆续分着送给亲戚邻居而结束。

我爸在地里的第一次创业，失败。

我爸当然不服气，在地里跌倒的，自然要在地里卷土重来。跟我妈吵了好几架，第二年依旧拿出一半的地，种辣椒。我爸的理由是，我们那儿的人大多嗜辣，而且最最要紧的是种辣椒不怕卖不掉会烂在地里——辣椒新鲜的可以卖，卖不完的话晒干了还可以卖，即使干辣椒也卖不完，还能磨成辣椒粉做成辣椒酱卖……我爸靠这个说服了我妈。

那一年，风调雨顺，辣椒长势喜人，连我妈都在我爸的乐观下开始相信老天帮忙，今年会有一个好结果。最终，辣椒也的确大丰收，我至今还记得那个喜人的场景：我家满地都是半人高的辣椒，上面密密麻麻一层白色的辣椒花，蹲下来看，底下有青有黄有红，密密麻麻满是辣椒。我爸雄心壮志地双手叉腰，站在地头满脸的志得意满。那一阵儿，我爸揍我的次数也出奇地少，这让我都跟着生出满怀憧憬和满心欢喜。

可最后的结果却是我爸再一次失败——前面的一切都没问题，品种、产量、收获、运输，问题出在辣椒的价格上。我家的辣椒丰收，别人种的辣椒自然也大丰收，老天的风调雨顺又不是单独为我爸一个人准备的。而且要命的是，那一年种辣椒的人不知道怎么那么多，满大街都是卖辣椒的，最后只能拼价格。没几天，辣椒已经便宜到不用论斤卖，而是论堆。有一天从街上回家，我爸因为郁闷，加上我妈一直发牢骚埋怨，我爸一生气，把大半车的辣椒就倒在路边沟里了。据我妈说，连捡都没人捡。辣椒又不是青菜，人吃不完还能喂猪喂牛。

第三年，无论我爸怎么解释他研究了当年各种蔬菜的行情，分析了风险和收益，我妈都不为所动，坚决不肯再让我爸折腾。最后我爸妥协，提出在地里栽树，因为木材的行情一直在涨，从来没降过价。而且栽树成本很低，生长速度最快的大叶杨树三到五年就能成材，而且在地里套栽，不影响庄稼的收成。我妈这才有点动心，默许我爸用最快的速度买回成捆的树苗，拉线、挖坑、浇水，把树苗一一栽到地里。

可谁知第三年那些树即将成材，木材的行情就突然奇怪地停止了上涨，谁也说不清为什么。所以我妈又开始着急，整天埋怨那些树遮阴，还和庄稼争肥料。我爸忍到第四年，明知道再过一年卖树会更合适，可他也绷不住了，怕万一再等一年，木材又降价了呢？

卖了树算账时，我爸我妈都觉得虽然没有预期的收益，但是跟种葱、蒜和辣椒的亏本相比，多少还是赚了一些的。谁也没想到意外出在伐树上。本来伐树是买树的人干的活，我爸觉得自己伐树对庄稼糟蹋的少，而且还能收一笔工钱，就揽过来自己干。没想到连续几天之后又累又热，注意力下降，被一棵倒错方向的树砸了腿。骨折，连治疗加住院，我妈边哭边算账，那年卖树的钱没剩下，反倒又欠了债。

我妈想着，这下我爸该死心了吧，他压根就没有发财的命。我妈觉得，一切的不顺都是我爸的贪心带来的，如果不是想发财，怎么会有这些巧合到让人疑惑的霉运？可是我爸不这么认为，特别是闷在家里养伤的那几个月，他中邪一般翻遍了赤脚医生文致大爷订的那几十份报纸杂志，之后决定最后赌一把，种西瓜。

我爸这次的理由只有一个，科学。信息是科学的，种西瓜投入最少，几斤西瓜种子而已，可产量高，如果天气帮忙，亩产上万斤也是有的。而且无论城市还是农村，夏天每个人都要吃西瓜。这么一想，除了人工，这个生意简直称得上一本万利。可人工是最不值钱的，种地嘛，干什么不是淌臭汗出力气呢。

我爸下这个决定时，骨折的腿还没好透，伤筋动骨一百天嘛，而且医生反复交代，除了卧床静养，病人的情绪也很重要。这句话彻底帮我爸实施了计划，为了照顾我爸的情绪，我妈这次几乎没有表示反对，因为我爸说了，这是最后一次，如果不能翻盘，这辈子都再也不折腾了，死心认命。

得到我妈默许之后，我爸躺在床上，把一个种西瓜的小册子都快翻烂了。

我爸种西瓜的那年，应该是他人生中最苦的一年。直到如今提起种西瓜这事儿，我爸还会摇头叹息，两手指着膝盖比画，“这里整天都是青紫淤黑的！到现在天要是一冷，两个膝盖还飕飕冒凉气。”

我印象最深的是我爸我妈在地里给西瓜压秧的姿势——这是种西瓜里最有技术含量的一步：要挑选出最有可能结出又大又多的西瓜枝蔓，用土块压在地上让它匍匐生长，顺便把杈掐了，让养料只供应主要枝蔓。这个过程要一直弯腰，所以背上两三天就能晒脱一层皮，而且腰疼难忍，只好一直跪着。于是每一趟西瓜压完秧，身后都是两道膝盖画出来的凹槽痕迹。

我爸的信息科学战也的确见出了效果，因为前几年天气无常，种西瓜的人越来越少，这样一来当年卖西瓜的竞争就小多了。在我家西瓜地里慢慢多出一排一排翠绿色的西瓜蛋子时，我爸开始关注西瓜的价格信息。那年夏天第一批外地西瓜上市时，不仅价格奇高，而且很快就被一抢而空。我爸很高兴，不止一次感叹：“看来还是要信科学，因为科学太厉害了！”

我爸当时也没有想到，科学有时也有不太靠谱的时候。

就在地里的西瓜慢慢长到我都抱不动的时候，我爸在瓜地里搭了个窝棚，抱着席子、被子住了进去，一是怕有什么意外，二来也是防盗。这是西瓜成熟前最要紧的几天，街上的西瓜天天脱销，我爸已经看到了光明的曙光，他不能让意外再次发生。

可科学就在这时不靠谱了一次，天气预报。那年我爸从春天开始就关注天气，各种报纸杂志和电视里的说法都是少雨偏旱，这是最适合种西瓜的天气，天旱瓜甜。入夏以后，天气情形也的确是这样的。可就在我家西瓜就要熟的那几天，天气预报说的是晴、晴、晴，可事实上天空一直乌云翻卷，暴雨不停，一连下了七天，不仅地里都是水，连马路都淹在水里。别人家在地里捉鱼，我家的地里则隐隐漂着一层花花绿绿的西瓜。我爸搭在地里的窝棚，早就顺水不知漂到哪去了，我妈站在地头，欲哭无泪。

等到大水退去，西瓜们没有背叛我爸而顺水漂走，它们都还在，可是打开一个，坏的，再打开一个，还是坏的。我爸我妈为此抱头痛哭一场，谁安慰也没用。后来，我爸信守诺言，地里的一切都交给我妈来管，他老老实实地帮我妈种地，农闲时重操旧业，在江苏和安徽之间倒腾棉花和花生，给我们姐弟几个挣学费。

其实，我爸很快就好了伤疤忘了疼，他一直也没停止过折腾。他先是跟我远在石家庄的姑姑借了一笔钱，买了一台小麦收割机，那是我们镇的第一台收割机。我爸开着四处拉活，给别人家割麦子，一亩地二十块钱。当然，这个他也没成功，因为大家都更舍得花力气而不是花钱来收麦子，所以我爸的收割机生意一直很惨淡。

有事后诸葛亮的行家分析，买收割机的方向其实是对的，可是我爸太超前了，大家的意识还没跟上。后来我爸把收割机卖了，买了面粉机，开面坊，做把麦子加工成面粉的生意。可是因为来的不是亲戚就是邻居，不是免费就是欠账，所以尽管生意看起来一直不错，但没开几年，面坊也关了。之后我爸又跟着镇人大代表、著名养殖专业户——我堂哥运河养鸡，第一年养了几百只，尝到一点儿甜头后第二年养了两千多只，孰料那一年的鸡瘟疫苗竟然是假货，于是在鸡瘟横行，一多半的鸡病死之后，我爸再一次把家底赔个精光……

后来 / Later

直到现在，我爸七十岁了，创业之路仍然没有停息。去年他在电话里就报喜不断，老母猪又下猪崽了，一窝二十四只，再次破了村里的纪录。可因为猪养多几头就老生病，今年他改养羊了。我爸喜滋滋地跟我炫耀说，养羊好哇，他的羊群快三十只了，预计过年我回家时能到五十只……

小收获

我不知道在别人眼里最好吃的东西是什么，反正在我看来不过两样：冬天的饺子，夏天的冰棍儿。特别是后者，即使是大冬天，回想起那明晃晃的大太阳底下，撕开冒着白雾的冰棍儿纸，一根或红或白或黄或绿、结着霜或滴着水的冰棍儿，还是能让人馋得一肚子惆怅。

冰棍儿一毛钱两根，这是行价。当然，还有一毛钱一根的，冰棍儿顶端有一排红豆或绿豆，那要特别奢侈时才吃一次。在我眼里，卖冰棍的人才是最可爱的人。那些冰棍儿整整齐齐地码放在一个木箱里，木箱绑在自行车后座上。卖冰棍儿的木箱大多是手工做的，笨拙得粗糙可爱，里面还要垫着一层塑料纸，塑料纸里再铺一床被子。很长一段时间我都想不通，冰棍儿不是最怕融化吗，为什么要包在又热又厚的被子里？

对于夏天的我们来说，中午吃冰棍儿跟过年吃大餐的幸福感也差不太多。不过，一毛钱两根的冰棍我是不会吃的，红豆或绿豆冰棍儿就更别提了——好吧我承认我很抠门，所以买冰棍儿总在放学时才下手。这时卖冰棍儿的往往又累又饿又烦，一毛钱三根冰棍儿，甚至是四根都有可能，我一口气吃完，打几个冷战，浑身起一层鸡皮疙瘩，分外满足。这时，每一颗牙齿都冰凉甜蜜。

有一天中午实在是热，我妈破例额外给了我一毛钱，让我和弟弟上学时买两根冰棍儿降温。我以“下课之后一毛钱可以买四根，每人能吃两根”为由，成功说服弟弟把钱放在我这儿。可是一下课，他就越过二、三、四三个年级的教室跑来缠着让我买，恰好那天小利、王左、王右身上都没钱，撺掇着让我请一次客。我愣是用那一毛钱买下了五根冰棍儿，代价是每根冰棍儿上的纸都已经脱落了，而且长方体的冰棍融化掉了四个角，成了椭圆形。

我有必要解释一下，抠门归抠门，不代表冰棍儿对我的吸引力就小一点儿。恰恰相反，我就是因为抵抗不了冰棍儿的诱惑，才每次都想连吃几根解馋。可零钱是固定的，馋虫却无限增加，随着暑假的到来，没有上学要用零花钱的借口，怎么才能解决随着天气更加炎热而呈几何倍增的馋虫？

我想了很多办法，可老办法如找知了壳去卖太幼稚，割青草晒干了卖又太慢，我甚至认真地考虑过找几个人凑钱去冰棍儿厂进货，对，想干脆直接就去卖冰棍儿。可是想到如果我们几个去卖冰棍儿，最终的结果很可能是卖的不如我们吃的多，血本无归。于是，这个方案和之前的一样，否定。

眼看暑假过了大半儿，我们纸上谈兵都谈死了一个连了，还是没辙。地里开始收黄豆了，大人们弯腰挥汗割黄豆，我们几个无聊，逮着一个两腮鼓鼓的田鼠逗弄着玩儿。最后，田鼠累得四爪朝上，浑身抽搐口吐白沫，嘴里的东西吐了出来，竟然是一小堆黄豆，而且粒粒饱满均匀，全是最好最大颗的。

那一刻，惊讶从我脑子里过闪电一般：秋天就要到了，田鼠衔着这么多黄豆，肯定是要回洞里屯着过冬，那么，田鼠的洞里很可能已经有了粮仓——我因此想象出一幅场景：一堆一堆的黄豆，码放得整整齐齐，塞满了整个田鼠洞。这个场景瞬间就无缝对接了早晨卖豆腐的老包，他每天骑着自行车在村里转圈，一边无限循环地吆喝："卖豆腐——喽、换豆腐——哦！"他不知是口齿不清，还是故意喊得有特色一点儿，反正听起来是："卖豆否、换豆否！"

我很喜欢吃豆腐，特别是煎豆腐或麻婆豆腐，当然，我更喜欢吃冰棍儿。于是，那一刻我不停地在脑海里进行等式换算：卖豆腐 = 换豆腐 = 黄豆换豆腐 = 黄豆换钱 = 买冰棍儿。

好了，一切都打通了！我终于找到了发家致富的秘密，而且见效快，可操作性强，门槛还很低——挖田鼠洞。

当大家听我说要从田鼠洞里掏冰棍儿，所有人都站到了我对面。因为他们没有一个人相信田鼠会在地洞里屯黄豆——即使屯，田鼠能屯几粒呢？而且田鼠洞向来挖得深分岔又多，曲里拐弯迷宫一般，想在田鼠洞里挖到粮仓，可不是看动画片，更不是几个人一时半会儿就能办到的……

我知道，除了干点儿成绩出来，说多少话都是没用的。所以我说完就扛起尖嘴铁锹，自顾自去到田里，找田鼠洞。见我这么坚决，王左王右有点儿心动了，小利却还将信将疑，他们几个对了对眼神，还是都扛上铁锹跟了上来。但是从他们慢腾腾的脚步、敷衍躲闪的动作，我知道他们心里还是不认为会有什么结果，只是从形式上声援一下我的异想天开。

我唯一发自肺腑的支持者是我弟弟，他跟在我身后，手里拿一个布袋子，说是留着装我挖出来的黄豆，可是那个布袋子大得能装下我们俩。我暗暗决定：如果真能从田鼠洞里挖出黄豆，我要一天三顿让我弟弟拿冰棍儿当饭吃。

惊喜往往来得这么突然，在第二个田鼠洞挖到齐膝深的时候，就在王左王右累得躺在一边准备彻底放弃、小利从始至终嘴里不是吃着草蘑菇就是在讥诮怀疑泼凉水的时候，我一铁锹挖出一块一半乌黑一半金黄的土壤，乌黑的是土，金黄的是黄豆！

听到我的叫声，王左王右几乎是瞬间跳了起来，小利愣了一会儿才凑过来围观——我的确挖到了田鼠的粮仓，粮仓里黄豆为主，还有些绿豆、红豆、花生和玉米粒，它们比我想象的还要饱满，堆得整整齐齐结结实实。粮仓的洞口有我胳膊那么粗，洞长足有一米，可恶的田鼠简直把周围庄稼地里最好的黄豆都挑来了！

大家都兴奋起来，一下午我们掏了五个田鼠洞，有两个找到了粮仓。天擦黑时，我们的战绩是打死七只田鼠，掏出三斤多最好的黄豆。

之后的几天，我们沉迷在挖田鼠洞这件事情上，虽然战绩明显不如第一天，可是口袋里的黄豆越来越多，每个人都晒得黝黑却根本顾不上笑话，挥汗如雨也没关系，腰酸背痛是小意思，连手心磨出茧子都不算什么。

看着我们摊开在门口晾晒的黄豆，连我妈都惊着了，说是每年的黄豆种子都没有这么好。发现我妈眼里开始流露出艳羡之光，我似乎预感了到什么。于是第二天早上，我妈买了豆腐之后，我悄悄在屋后拦住卖豆腐的老包，让他看黄豆，他只看了一眼，连价都没还，上秤之后告诉我，可以换六斤豆腐，或者两块四毛钱。

拿着两块四毛钱，我们几个人本来都摩拳擦掌，可一下又忽然手足无措。好容易等到太阳到了头顶，按我妈“必须吃了午饭才能吃冰棍儿”的吩咐，我吃了馒头，吃了麻婆豆腐，然后那碗青菜豆腐汤就再也喝不下去了。

午饭后，我们集合在我家门口马路边的石板上，急切地等着卖冰棍儿的经过。烈日当头，我们却等了将近一个小时，才终于过来一个卖冰棍儿的。他一停下自行车，不是先做我们的生意，而是张着干得起皮的嘴唇，问我能不能借碗水喝。我领着他进屋，父母都已经睡午觉了，我舀了一大碗新打的井水给他，希望一会儿他能别死守着一毛钱两根冰棍儿的价格。他咕咚咕咚一碗凉水下肚，似乎意犹未尽，瞥了一眼饭桌上的那碗青菜豆腐汤，小声笑着说："我还没吃午饭呐，那碗豆腐汤是不是没人喝？"

我看了看他，做生意的人果然脸皮厚啊，这样也可以？不过一想到马上我就要跟他讨价还价买冰棍儿，一碗我喝不下去的青菜豆腐汤算什么呢？于是装作大方地答应了他。他很意外，怕我后悔似的，连忙端起碗，张大嘴，连青菜带汤加豆腐块顺溜地喝下了肚。之后他舔了舔嘴唇，满足地说："我最喜欢豆腐的味儿了，嘿嘿，谢谢啦！"

那天，卖冰棍儿的好好给我上了一课，主题是做生意的人真的是唯利是图，翻脸不认人啊。出了我家门，他看到小利、我弟弟和王左王右在摆弄他盛放冰棍儿的木箱，就脸色大变，大声呵斥他们把冰棍儿弄化了。最后，冰棍儿还是一毛钱两根，我据理力争，甚至不惜说出他喝了我家一碗豆腐汤的事儿，他才不情不愿地同意了两毛钱五根冰棍儿。

直到吃完冰棍儿，我才缓过神来，那个卖冰棍儿的真是奇怪啊，他自行车后座上的木箱里明明码放着满满的冰棍儿，可他怎么会渴成那样呢？

这个问题还是我妈帮我解的惑，我妈说：“卖豆腐的老包自行车上天天都放着几十斤豆腐，可他家除了过年，就没尝过豆腐是什么味儿。你以为那冰棍儿是天上掉的吗？天上能掉，也只有冰棍厂才能让冰棍儿不会化掉。”

我低头看了看我手掌上已经成形的四个茧子，似乎明白了点儿什么。

后来 / Later

可是另一个问题，直到现在我也没解决，并为此一直惴惴不安。因为我妈说，老鼠用嘴衔过的黄豆最好就别做成吃的，可是为了冰棍儿，我把它们卖给老包了。想着那些一粒一粒收获来的黄豆，变成另一些不明真相的人嘴里的美味豆腐，想起来我就觉得莫名地有一点忧伤……

小组合

第一次创办组合，我十三岁。那是小虎队在我们学校最流行的时候，我初二。

那会儿小虎队有多红？反正满大街商店能发声的都在放他们的专辑，卖画的绳子上挂的全是他们的合影，摊位上是他们一排又一排的贴画和卡片，因为不知被多少人翻过，一眼看去密密麻麻的都是三只小虎让人如沐春风的笑脸。

在我们学校，小虎队的流行与之前的明星都不一样，别的明星像一阵风，红过就算了。他们凭借人多势众，铺天盖地摧枯拉朽地就红了。几乎是一夜之间，他们的海报扫荡了无数女生的床头，盖住了前任和前前任偶像，而印着他们大头照的卡片雪花般夹进各人的课本，头像贴画则霸占了无数的文具盒。

这情景，男生们自然有点儿不爽，可是也毫无办法，因为我们也喜欢小虎队啊，每首流行的歌都会哼唱，连配套的舞蹈和手势都悄悄在练习。分析起来，恐怕只能归结于小虎队的三个成员实在年轻，简直就像高年级的师哥，但是他们更帅、更有才，也更洋气，看起来还更容易接近。

红成这样还能怎么办？模仿吧。

我、小祥、尤爱花、王卉，俩男生俩女生，本来就关系不错，加上都是学校的达人——每个人都小有一把刷子，组合起来自然应该一加一加一再加一大于四，理由参见小虎队。

先简单介绍一下四个成员。

我就不用说了，自从赌气发表了那篇文章之后，几百封读者来信生生把我推上了风云人物榜。

小祥走的是另一个路线，他每门课成绩都很一般，但胜在为人大气豪爽，从小就懂事儿，还特别会来事儿——他能和所有同学、老师融洽相处。小祥一直是班长爱好者，一身掩不住的班干部范儿，而且奇的是老师一直信任，同学还不讨厌。举个例子，初二新开的班刚开始整整一个学期都没有排卫生值日表，因为被小祥包了。就这一招，选举班委时，小祥在班长和劳动委员上两个全票。一句话，他是人民的好公仆。

尤爱花是我给她起的外号，看一眼你就知道她擅长养花。她课桌上一溜摆着四小盆，抽屉里还有两棵仙人球——就冲她每次伸手拿课本和作业都不会被扎着，我觉得她就有进入组合的资格。更何况尤爱花还是个瓜子达人——她家开小卖铺的，所以具备了充足的吃瓜子的条件，关键是她真的爱吃。每天上学时她都装着满满四兜瓜子，上学放学路上吃，上课偷偷吃，下课了分着吃。她也练就了上课嗑瓜子不出声，还把两颗门牙中间生生嗑出一个凹槽。我们四个举办过一个嗑瓜子比赛，我们三个一伙，挑战尤爱花，看谁一分钟内嗑出的瓜子仁又多又好。比赛结果是我们三个一分钟嗑了四十三个瓜子仁，有十七个是断的，尤爱花嗑了五十七个瓜子仁，没有一个断的，而且连瓜子壳都整整齐齐。

至于坐我隔壁桌的王卉，好吧，我承认我喜欢她——但这可不代表她是靠着被我暗恋才进入组合的，王卉的才华在我们这个乡村中学用横溢是形容不了的。本来她在县城读书，因为当小学老师的父母为了照顾她生病的外婆才来农村的。所以，王卉在我们这群土包子面前就显得更加高端大气。先说唱歌弹琴，音乐课老师教唱歌会先弹一遍风琴，弹第二遍时王卉就可以跟着唱一遍给我们示范了，有时老师偷懒，就让她边弹边唱教我们。王卉还会跳芭蕾，她给我们看过她的舞鞋，粉色的，柔软如云，可是我们学校连给她表演的场地都没有。我第一次看到王卉是小升初考试，不说她清丽可爱的模样，光是她那件海军风的蓝裙子就让我瞬间心跳加速，觉得整个世界都清新明媚了五百倍。王卉还画得一手好画，最擅长古装美女图。她画画时最好看，专注、平静、温柔，一张仕女图要画四十分钟，我可以全程看下来不眨眼。

好，成员有了，也都有足够的意愿，下面就是确定组合的名称、内容和目标。我们首先在名称上卡了壳，因为每个人都觉得应该像小虎队一样，名字里也有动物，可老虎被用了，我们用什么呢？狮子、大象这些代表不了四个人，毕竟还有两个女生，而梅花鹿、孔雀这些又太女性化。我喜欢的鹤和长颈鹿也被否了，因为过于少见。大家的共识是动物应该每个人都知道，又不太容易见到，可说起来呢还要通俗、励志，哪怕傻一点儿土一点儿也没关系，十三岁不犯傻，难道等到三十岁吗？

冥思苦想了好几天，还是没有眼前一亮的组合名称，我们四个人带着郁闷去出学校的黑板报。班主任杨峰要求这期要热烈、欢腾、有知识性，还要体现出传统特色，因为要过年了嘛。于是王卉在又大又长的黑板左右两角画了腾飞的龙和凤凰。小祥还没来得及秀他的一手好字，我还没开始往上抄写精彩的文章，尤爱花最擅长的花边还没画，一旁监督的杨峰就击节称赞，夸王卉一下就把他的想法体现出了一多半。

就是在此刻，我灵机一动，“龙凤腾飞”四个字驾着七彩祥云就来了。成员们的反馈是：王卉——还能再俗气一点吗？尤爱花——小傻，但勉强应景。小祥——粗看一般，细想真是贴合啊。最后，组合名称带着点儿勉强，通过了。俗就俗吧，傻就傻吧，幼稚就幼稚吧。四个少年人生中的第一个组合，成立了。

至于组合的内容和目标，最近为了入团有点儿走火入魔的小祥觉得应该按照共青团的章程来，除了名称，还应该有队徽、队章、队规，等等等等。他说得越详细，我们三个的眉头皱得越紧。我们是想要一个组合，虽然不是唱歌跳舞那么娱乐，也不是成立一个政治组织好吗？“龙凤腾飞”组合就是一个小团伙，要有好吃的、好看的、好玩儿的，最好还能有未来——四个人能一起进县一中，还在一个班。至于更遥远的大学部分，未完待续吧。

小祥再一次发挥他务实肯干有组织有纪律的特色，在我们热烈地讨论怎么有趣地开展第一次活动时，他一字一句地开始了我们组合的文字建设。下课铃响了他在写，放学铃声响了他还在写，晚自习结束时他终于写完了，厚达六页纸。小祥说这算我们四个人的秘密，封存起来。他郑重地把纸卷成圆筒，王卉扯下马尾上湛蓝色的头绳，尤爱花贡献出新文具盒，我们把一个秘密密封起来。我主动请缨保存这个秘密，因为我有一个带锁的抽屉，在我家茶几下面。

按小祥的说法，作为一个组合，主旨是：有好吃的要同享，有好看的要分享，有好玩儿的要共享。从此，我们真的像有组织有纪律一般，多了几分心照不宣。小祥更加勤练他的字，我一本又一本看我喜欢的闲书，尤爱花的瓜子嗑得少了，花养得更多了。而王卉的外婆去世了，我们一直在安慰伤心的她——尤爱花说悄悄话，小祥帮她请假、做笔记，我则不断递纸条。缓过来的王卉心情慢慢变好，课间大家再点歌，她又愿意唱了，于是教室里经常欢腾一片，很多外班学生都过来趴窗户偷看。我们觉得，这可能就是组合的一点儿意义吧。

许多年之后，我才明白，友情之所以难忘，是因为陪伴让彼此变得更好，而少年间之所以如此美好，是因为那会儿最有资格犯傻。只是到如今我都没有释然，既然少年澄澈得如此完美，为何还要散场？

我们的“龙凤腾飞”还没有找到机会跟同学们宣布，就突然解散了。原因很简单，王卉又要转学了，这次是转回县城。她外婆去世了，父母回熟悉的县城工作再正常不过，王卉回县城读初中对中考和以后的高考都有好处。因为事情来得突然，我们组合来不及聚集散伙的忧伤，因为分别前的时间只够上课时传几张纸条，和跑去商店买最喜欢的笔记本。回来时，王卉已经背着书包准备走了，她父母在学校门口等着。我们三个甚至来不及在笔记本第一页写上临别赠言，幸好我多了个心思，从梧桐树下经过时拽下一片树叶夹进了笔记本。

王卉和尤爱花刚刚抱了一下，就哭了。所以轮到小祥时，王卉只哭不说话，小祥想了半天只说了句：“这么突然，连个欢送会都来不及给你组织。”这句话把王卉又逗笑了。跟我告别时，她爸爸已经进来催了，王卉边走边小声说：“真希望以后还有机会跟你同桌……”

接下来，同学们脚步纷乱的簇拥相送我没有一点印象，因为我眼前浮云微散，耳边清风乱吹。我一直沉浸在王卉的那句话里，猜她到底隐藏了什么意思。

这一猜，就是二十多年过去了……

后来 / Later

我家扒旧屋建新房那年，收拾旧沙发时我姐碰散了茶几的抽屉，掉出一个锈得看不出图案的铁盒子，里面一段蓝色旧头绳，扎着几张发黄的作业纸。我姐打开，当纸上露出“龙凤腾飞”四个大字，我脑子里一道闪电劈过，碎纸般的电影画面扑面而来。我一把抢过那卷纸，谁也不让再看一眼……既然是电影镜头，就必须有个大结局：小祥初中毕业后读了技校，如今在上海一个小家具厂当副厂长；尤爱花没考上县一中，在镇上读高中也没考上大学，辗转几个城市打工、结婚、生子、创业，如今在北京有一份不错的生意；王卉，我参加中考时在县城的考场无意间偶遇过。然后？然后就没有然后了……

后记

给少年写了封长信，邮差是火

三十岁那年开始，我花了两年时间写了本书，《一觉睡到小时候》。其实直到现在我都不明白，自己为什么要写那本书，唯一的解释：人一老了，就怀旧了。

有句话说，演好了一个茄子，所有带紫色的角色都会来找你。尽管我也没觉得演得多好，但隔三岔五总有人来撺掇我出第二本。

我去！走开好么？

我想不通一件本来就有些莫名其妙的事情，还要怎样郑重其事地系列下去。再说我当时在那本书的结尾（《与世界和解，跟自己死掐》）里白纸黑字写了："我必须跟自己死掐，把'小'解决了，我才能转身，面对大世界……”

我已经转身，我三十五了，花花大世界早已淹没了我。如果说三十岁怀旧还勉强称得上卖萌，那三十五岁只能算矫情。所以如果我再转身继续怀旧，我怕扭着腰。

生活就唱着小曲儿吃着火锅摇摇晃晃地过着，直到有一天听歌听到陈升的《绿树与知了》。

“有一只知了，它靠在我的肩上唱出最后一首歌，它挂在我腿上的是刚刚蜕去的壳”。

我瞬间被这种少年的清澈情怀电中，怔了很久，就像歌词里写的——

“所有的人都跑哪儿去了，在北风吹起的时候……我已经在这里站了很久，经过数不清的寒暑，关于岁月的事即便你问我，我也说不出……”

我知道我输了，我根本没学会轻装上路，我也没有解决“小”。我还有话没有说完，我还有故事没有讲。于是我厚着脸皮开了一个专栏，写少年。

即使是在文字里扮演自己，我也尽量让自己悠着点儿，可就像是一个敝帚自珍的抠门少年，一粒一粒往外数着自己手里的糖，有时微笑，有时悲伤，一年下来，终于还是一点一点数到了“没有”。

面对遥远过去的那段少年时光，我还是只能想出一个“小”字来形容。而跟随文字奔涌而来的回忆和细节，却像一部失控的电影，蒙太奇般凶猛，致我手足无措……

我不知道该端起一股什么情绪，这和回忆童年真的完全不一样。是啊，我打开口袋放它们出来，后来它们冲破栅栏，彻底失控。我要将杂乱的它们摆成一桌宴席，那这个宴席该怎么散场呢？当初开宴的时候，我的目的是“我要一口一口，吃掉少年的忧愁”，如今要告别了，所有碎片却变成是“已老去的岁月化成蝴蝶，都飞翔在我的房间”。

无论怎样，它们终于变成了这本书，把所有的瞬间弄成了标本。

我一直偏执地认为，自己所经历过的人和事，都是我生命里的一盏灯，无论是明是灭，我都梦想能和他们久别重逢。可是有些人、事、物，注定只是我人生这部戏里的路人甲乙丙丁，即使我再努力，也真的打捞不起来了。

那就算了吧，曲未终人已散，时光匆匆朝前，很多事情和回忆一样不可控，除了用文字记录，只能散场了。人总得长大，有这一场相遇，终归是欣慰。

写到这里，满怀都是“这个世界空空荡荡，大路朝天没有翅膀”的失落……

一年来的丰盈、喜悦、烦琐、煎熬，总得画一段落了。就是在这一年，我女儿来到了这个世界，在专栏即将结束、书开始成形的时候。我希望有一天，她可以花半个下午翻一翻我的少年，这是她矫情的爹写给少年时光的一封信，因为一落笔就和事实一路偏差，这封长信很可能在半路就被邮差烧了。

无论女儿怎么看我留下的这段印迹，我希望自己都能心平气和地看着她长大，也让她看着我正常地衰老。我会告诉她，这个世界虽然依旧不好，甚至比以前更糟了，我们还是可以好好的。